The RAINY RAINBOW

CAN'T
HEAR
IT

不 一 样 的 太 阳 殿

U0739337

© SOL.Bianca Creation works

你站在晨曦里，
眼睛清澈。**你说，**
童话永远都会有美好的结局，
而我和你 为什么就不能成为
王子和公主？
我看得到未来，却不知道
你的未来是不是有我的存在……

你给的**爱**带着温度，
心跳传来的起伏，
像一颗跳动的暖炉。
有你的世界就是晴天，
冰雪也会慢慢融化。
那些**被**阴霾笼罩的角落，
总有一天，会被阳光取代。
因为你是我**唯一**的选择。

© S.O.L.Bianca Creation works

微笑再甜，
不是你的都不特别；
眼泪再咸，
有你安慰就是**晴天**；
靠得**再近**，
少了拥抱依然太远。
全世界只对你**有感觉**！

© SOL.Bianca Creation works

听不到的彩虹雨

THE RAINY RAINBOW CAN'T HEAR IT

之

不一样的太阳殿

THE DIFFERENT SUN PRINCE

校园爱情女王
米米拉 著
MIMILA ZHU

CNS PUBLISHING & MEDIA

湖南少年儿童出版社
HUNAN JUVENILE & CHILDREN'S PUBLISHING HOUSE

图书在版编目（CIP）数据

听不到的彩虹雨之不一样的太阳殿 ／ 米米拉著．――长沙 ：湖南少年儿童出版社，2016.1
ISBN 978-7-5562-1787-8

Ⅰ．①听… Ⅱ．①米… Ⅲ．①长篇小说－中国－当代 Ⅳ．①I247.5

中国版本图书馆CIP数据核字(2015)第288579号

CS
PUBLISHING & MEDIA
中南出版传媒

责任编辑：钟小艳
品牌运营：Sean.L
特约编辑：李 黎
视觉监制：611
文字编辑：又 又 杨 叶
装帧设计：小名鼎鼎 齐晓婷 胡路遥
原画监督：丹青show
插画制作：索·比昂卡创作组（蓝色创可贴 Erich）
文字校对：曾乐文

出 版 人：胡 坚
出版发行：湖南少年儿童出版社
地 址：湖南省长沙市晚报大道89号 邮 编：410016
电 话：0731-82196340（销售部） 82196313（总编室）
传 真：0731-82199308（销售部） 82196330（综合管理部）

经 销：新华书店
常年法律顾问：北京市长安律师事务所长沙分所 张晓军律师
印 刷：长沙鸿发印务实业有限公司
印 张：16 开 本：710 mm×1000 mm 1/16
版 次：2016 年 1 月第 1 版 印 次：2016 年 1 月第 2 次印刷
定 价：29.80 元

版权所有 侵权必究
质量服务承诺：若发现缺页、错页、倒装等印装质量问题，可直接向本社或印刷厂调换。
服务电话：0731-82196362／84887200

目录

CONTENTS

目录

CONTENTS

楔子

PROLOGUE

"呜呜呜，我要下去——"

游乐园的整个天空都充斥着我杀猪般的尖叫声，我紧紧地抓住安全杆，闭上眼睛，感觉风猛烈地从身边刮过，身体快要被甩出去了。

这是我第一次坐过山车。

小时候，老爸老妈带我来游乐园，也不知道是什么原因，除了钟情的旋转木马以外，其他的游乐设施我几乎不会去玩。

要不是小雅生拉硬拽，我是绝对不可能跟着她来坐过山车的，可现在——

"呼呼……"

我忍着胃里排山倒海般的感觉，在颠簸和狂风中勉强看过去，发现小雅那丫头竟然又睡着了！

救命！

我就知道这丫头的保证不靠谱，跟一个嗜睡症随时可能发作的人来坐过山车，我是脑袋坏掉了吧？

终于，过山车停了下来。

"小雅，小雅，你快醒醒！"

我连被风吹得乱七八糟的头发都来不及整理，打算先叫醒小雅。

小雅迷迷糊糊地睁开眼睛，擦了擦嘴角的口水，看了看我问道："童话，过山车是不是要开了，等好久哦……"

是的，你们没有听错，我的名字就叫童话，从小到大这个名字不知道被多少人吐槽过。但我老爸可不这样认为，他那拿惯了手术刀的手握笔一挥，在申请户籍的表格上写下了这个名字。他说，我只希望自己的女儿一生无忧无虑，永远活在童话般的世界里就好。

也不知道是不是名字的原因，我好像天生性格就乐观得不得了，每天傻呵呵地觉得所有事情靠自己的努力都能解决。

"拜托，小雅，都已经结束了！"

我帮小雅解开身上的安全带，将她从过山车里拉出来。

小雅张大嘴巴，好半天才反应过来，失望地说："好可惜，我第一次坐过山车，竟然就这么睡过去了……"

"啊！"

才一会儿，小雅又恢复了精神，瞪大眼睛说道："我们去玩跳楼机怎么样？听别人说很刺激呢！"

"呃……"

救命啊，我才不要去玩呢！

我跟在小雅身边，朝不远处传来更大尖叫声的跳楼机看过去，心里有非常不好的预感，刚想劝小雅跟我去玩旋转木马，就被一个人撞了一下……

"啊，我的钱包不见了！"

小雅低头摸了摸背包，然后带着哭腔喊道："呜呜，童话，怎么办？那里面装着星期五大家交上来的班费啊！"

这时候，游乐场里的人十分拥挤，我抬头看过去，正好看到刚才与我们擦身而过，戴着帽子、穿着黑色衣服的男人。

"喂，小偷！"

他转过头来看了我们一眼，然后做贼心虚地往前跑去。

"你在这里等我！"

我对小雅嘱咐一声，想也没想就追了过去。

那个穿着黑色衣服的男人看到我追过去，故意往游乐场人多的地方跑，我跟着跟着就发现他不见了。

到底去哪里了？

我试图在人群里寻找。

啊！在那里！

好不容易，那个穿着黑色衣服的男人又回到了我的视野里，他正匆匆忙忙地往游乐园大门的方向走去。

不行，一定要拦住他！等他出了游乐园就更抓不到他了！

我加快了脚步，就快要接近他的时候，他突然抓住了我，强行拉住我往旁边的冰激凌店走去。

"小……小偷！"我被他的举动吓到了，但还是临危不惧地说道，"我警告你哦，你快把我朋友的钱包还给我，不然我就报……"

我的话还没说完，就被他打断了。

"嘘，安静一点。"

他的声音从我头顶传来。

现在的小偷怎么胆子越来越大了，他真的不怕我报警吗？

"我再给你一次机会，只要你把钱包给我，改过自新……"

我的话还没说完，他就再次抓住我的手臂，将我转了一圈，紧紧地将我搂在怀里。我们俩就这样像一对情侣一样用暧昧的姿势站在冰激凌店前。

他比我高出一个头，强有力的手臂将我的肩膀圈住，下巴轻轻靠在我的头顶，我从他的身上闻到了一丝淡淡的清香。

我的心跳在不停地加速。

"咚咚……咚咚咚……咚咚咚咚咚……"

停！

我在想什么呢？这个人是小偷啊！

不行！我一定要看到这个该死的小偷的脸，然后记住他！

"你快放开我！"

我拼命地挣扎起来。

我终于用手臂在我和他之间撑出一点缝隙，然后抬起头往他的脸看过去……

浅褐色的短发、微挑的双眉、深邃的目光、高挺的鼻子、完美的唇，再配上雕刻般的轮廓……

这个小偷有着一张让人移不开视线的脸。

好帅啊！

我在心里赞叹道。

可是，在跟我四目相对的一瞬间，他的目光里闪过一丝惊讶，接下来他的眉头皱得紧紧的，像是发现了一件不可思议的事情。

"什么都没有……"

他的声音十分低沉。

"啊？"

这家伙在说什么呢？

他突然莫名其妙地将我的脸捧起来，朝我凑过来。他盯着我的眼睛看了很久后又喃喃自语道："为什么从你的眼睛里看不到未来？"

"呃……"

什么呀！

这个家伙该不会脑袋有问题吧？

"你不要转移话题，快把我朋友的钱包还给我！"

我用力拍开他捧住我脸颊的手，气势汹汹地说道。

可这家伙像是完全没听到似的，他依然盯着我的眼睛，皱着眉头，摆出一副若有所思的样子。

就在我们俩面对面僵持的时候，一个三十多岁，穿着西装的大叔气喘吁吁地朝我们跑了过来，他的身后还跟着两个强壮的男人。

"您……您就不要跑了，还是跟我回去吧……"

可我面前的小偷一点反应都没有。

这三个人应该不是来找我的，我只好戳了戳他，提醒道："喂，你是不是偷了人家什么东西，快点还……"

"跟我走。"

我还没说完，小偷突然抓住我的手往游乐园大门口走去。但还没走几步，我们就被大叔身后那两个强壮的男人拦住了。

大叔气喘吁吁地挡在小偷面前说："少爷，老爷交代我一定要带您回去……因为……夫人她……哦，不，是前夫人她过来了……"

少爷？

难道这个小偷是有钱人家的孩子？

"什么？"

小偷停下了脚步，牵着我的手突然握紧。

"喂，你捏疼我啦！"

听到我喊痛，他才放开了我。

可是——

"等一下。"

他突然喊道，又一把抓住了我的手。

"你过来一点。"

他对大叔招了招手。

大叔不知道他想干什么，小心翼翼地走近了一点。

然后，他又命令道："看着我的眼睛。"

"啊……"

大叔紧张地瞪大了眼睛。

我虽然不知道他想干什么，但手被一个陌生人紧紧地握住，这种感觉一点也不好，更何况他还是一个小偷！

"喂，你放开……"

"别动！"

他用眼角的余光警告地瞥了我一眼。

不知道为什么，这个人好像生来就有一种让人无法拒绝的力量，我好像受了蛊惑一般不再说话，只是静静地站在那里。

他盯着大叔的眼睛看了一会儿后就放开了我的手，但马上又握紧了。

　　然后他又盯着大叔的眼睛看。

　　如此反复了几次后，他才满意地点了点头，转过头来看着我："很好，告诉我，你叫什么名字？"

　　"童……童话。"

　　咦！为什么我要告诉这家伙我的名字啊？

　　我既懊恼又气愤地甩开小偷的手，指着他喊道："你……你这个小偷，不要在这里混淆视听了，快点把我朋友的钱包交出来，不然我就报警了！"

　　"这位小姐，这里面是不是有什么误会？我们家少爷怎么可能会是小偷？你有什么证据可以证明吗？"

　　这时，站在我们对面的大叔开口了。

　　"什么证据？"

　　我被这个问题问得顿了一下，然后大义凛然地指着小偷说道："我明明看到是他偷的，穿着黑色的衣服，还戴着帽子……"

　　"可是这位小姐，你看看周围，这样打扮的人很多，比如说那位……"

　　大叔朝前面不远处指了指。

　　我朝他指的方向看过去，竟然真的看到一个穿着黑色衣服、戴着跟小偷类似帽子的男生，而且再看看喧闹的游乐园，像他这样打扮的男生，的确还有很多。

　　难道我真的认错人了？

　　"呃……"

　　我不知道该说些什么了。

　　大叔见我不说话，转而对我身旁的男生说道："少爷，车就停在游乐园门口，时间差不多了，请您跟我回去吧。"

　　然后，大叔对那两个看起来像是保镖的强壮男人使了个眼色。

　　"不必了，我自己会走。"

　　说完，男生就一个人朝前走去。

　　大叔赶紧跟了上去。

　　看来我真的跟丢了小偷，那小雅失窃的几千元班费该怎么办？

接受不了这个事实的我，站在原地沮丧地发呆。

这时，已经走远的那位少爷突然停了下来，转身朝我走过来。他走到我面前，低头看着我的眼睛说："我会来找你的，等着我。"

"啊……"

这家伙又在说什么呀？

"都怪你，我才跟丢了那个小偷，谁要等着你啊？"

望着那离开的高大背影，我只想诅咒他考试不及格，喝凉水都塞牙，最好所有的霉运通通找上他！

第一章

CHAPTER 01

看 得 见 未 来 的 邻 居

1

傍晚时分，太阳已经落山，月亮悄悄地挂在了半空中，静谧的小巷子里除了几只躲在角落里的夜猫偶尔发出的叫声外，就只有一个人踟蹰的脚步声了。

这个人就是我，可怜的、备受打击的我。

……

"对不起，我们不招工读生。"

"只有晚上工作的话，恐怕不行。况且这大晚上的，你们两个小女生要是出点什么事，家长找上我们就麻烦了。"

"预支工资？你当我们店是做慈善的啊，万一你中途不干了，那钱我找谁赔去？"

……

想到刚才各种被拒绝的画面，我垂头丧气地又深深叹了一口气。

前几天，小雅在游乐园被小偷偷走了随身携带的钱包，里面恰好装着她们班刚收上来的班费。几千块钱对我们来说并不是小数目，小雅觉得是自己的责任，也不敢跟她爸爸妈妈说，我们俩就想出了打工赚钱的办法，可是……

唉！怎么办？

小雅说明天就要把班费交给老师了，到时候拿不出钱来，她这个副班长恐怕得引咎辞职。

我有些着急。

小雅那丫头刚才跟我分开的时候，虽然什么都没说，但我清楚得很，她一定一回到家就躲进被子里哭，这个时候她心里肯定难过极了。

到底该怎么做呢？

天啊！要是这时天上能掉下钱来就好了！

咦，等等！

我停下脚步，又往后退了几步，朝一边老旧的电线杆看过去。

急招家教

急招家教一名，只要你是期中考试平均分在八十五分以上的格林学院一年级或二年级学生，就可以来我府应聘，签订协议后可提前预支工资。

机不可失，请抓紧机会。

地址：白雪路公主巷79号

不是吧？天上真的会掉钱下来！

我转过头，前后左右地扫视了一圈，发现整条巷子的围墙上都贴满了这则招聘家教的启事，看来他们真的是十万火急，需要一个可以拯救他们家孩子的家庭教师。

那么……

在这么紧急的时刻，我当然义不容辞啦！

我双手合十在心里默默地道歉："对不起，各位可能有这个机会的同学，为了小雅，今天我要做一件不道德的事情了！"

说完，我鬼鬼祟祟地看了看四周，趁着没人，迅速把巷子里贴的所有招聘启事全都撕了下来，塞进书包里。

"呼！"

擦了擦脸上的汗，深深地呼了一口气，我展开笑容："好了，现在我只要安心去应聘就好了，地址是……"

按照启事上写的地址，我毫不费力地就找到了那里，可是……

这个地方怎么这么熟悉？

我看了看眼前的铁门，透过铁门的缝隙，依稀可以看到那栋显眼的豪华别墅，跟周围普通的民居比起来，显得那么格格不入。

当然，最重要的是——

我往左边看过去——

这不是我家吗？

我家那栋建了几十年，连屋顶都长出绿色植物，墙壁上爬满苔藓和爬山虎的破旧小楼就矗立在旁边。

不是吧？

这栋别墅大概是三年前建的，建完没多久别墅的主人就全家移民去了美国。前几天我老妈还说这栋别墅风水不好，一直都没有卖出去。

可是，这才几天的工夫，我也没听见什么动静，怎么突然就有人搬了进来？到底是哪个冤大头花钱买下来了？

我看了一眼手中的招聘启事，带着疑惑按响门铃。

"叮咚——"

门铃才响了一声，大门就打开了。

"请问是童小姐吗？"

一名表情严肃的保安大叔看到我，一板一眼地问道。

咦？他怎么知道我姓什么？

虽然心中疑惑，但我还是点了点头。

"请进。"

他见我点头，面无表情地指了指屹立在不远处的白色建筑，说道："少爷已经等你很久了。"

少爷？

我带着越来越重的疑虑往前走去。

以前每次经过这里，因为院子外面矗立的高大围墙，我都只能透过铁门的缝隙打量里面。别墅原来的主人虽然没有将房子卖出去，但是专门请了人修剪院子里的花草，所以一年四季都能看到里面繁花似锦，路过的时候还能闻到花香……

好香！

通向别墅的路边种满了花草，香味扑鼻而来，让我的心情也跟着好起来。

"童小姐。"

一个声音传来，我的脚步也停下来。

这个人……

我看了看站在别墅门口，穿着西装，头发梳得一丝不苟的中年大叔，不由得喊道："啊，你不是那天在游乐园遇见过的那位大叔吗？"

"是我。"

大叔尴尬地朝我笑了笑。

"你怎么会在这里？"

我惊讶地问。

大叔没有回答我的问题，而是很有礼貌地说道："童小姐，请跟我来。"说完，他就带着我往别墅里面走去。

我一边跟着他走，一边不由得想起那天发生的事情。说起来都怪那个突然冒出来的少爷，神神道道地说了一些莫名其妙的话，才害得我跟丢了真正的小偷！

而且那位像是精神不怎么正常的少爷，临走的时候还说什么"我会来找你的，等着我"，害得我这几天连续做噩梦，梦醒了没少咒骂他……

等等！

既然这位大叔出现在这里，那买了别墅的冤大头，还有招聘家庭教师的人该不会就是……

反应过来的时候，我已经跟着大叔走进别墅的大厅。

大厅的沙发上，那个双臂环胸，用一种审视的目光打量着我，冷着脸好像别人欠了他好几百万元的家伙，正是那位精神不正常的少爷！

"嗨！"

我打完招呼，下意识地转身就要走。

可我才走了几步就被大叔拦住，他一脸笑意地看着我说："童小姐，你不是来应聘家庭教师的吗？"

"我……"

我可不想给你们家少爷当家庭教师，他怎么看都有点不正常，万一哪天他……

"李管家，不用拦着她。"

见我犹豫不决，沙发上的少爷开口了，只见他不慌不忙地端起茶几上的咖啡抿了几口，才抬头看了看我："如果她觉得能在其他地方找到可以提前预支几千元工资的工作，就让她走吧。"

本来抬脚要走的我不由得停下脚步。

"呵呵。"

我揉了揉脸颊，扯出一个完美的笑容，转身笑嘻嘻地走过去："少爷，我当然是来应聘家庭教师的啦，你觉得我能通过吗？"

好吧！

为了钱，为了小雅，我只能勉强自己忍一忍了！

"坐这里。"

他指了指身边的位置。

我不知道他打的什么主意，心里难免有些犹豫。

"嗯？"

他轻哼一声，皱起眉头来。

正所谓人在屋檐下，不得不低头，我乖乖地坐了过去。

他放下咖啡杯，偏过头来看我。

我被他看得毛骨悚然，下意识地避开。

气氛未免太诡异了！

"看着我。"

他把手伸过来，将我的脸扳过去，我不得不跟他对视。他看着我的眼神跟上次比起来多了一丝探究，像是要把我吸进去似的。

大厅里一片死寂。

在这依旧炎热的初秋，我却感觉到了一股凉意。

"那个……少爷啊……"

我被他的动作和眼神弄得有点心慌，连忙打破这诡异的寂静："我是不是应该先试讲一下啊？"

"不用。"

我的脖子刚扭动了一点又被他扳了回去，他对站在一边的李管家招了招手："李管家，你过来。"

"是，少爷。"

李管家听到吩咐，站到了对面。

这时，他才将目光从我脸上移开，却突然抓住了我的手，若有所思地朝李管家看了看，又放开了我的手。

"咦……"

他到底要干吗？

我嫌弃地擦了擦被他抓过的手，还没来得及吐槽就又被他抓住了。

"叫其他人都进来。"

李管家听到吩咐，从大门口走了出去，没多久就领了十几个人进来，有男有女，应该是保安和用人。

他们齐刷刷地站在我们面前。

少爷抓着我的手，盯着他们看了一圈后，又松开了手。如此反复几次，他才心满意足地点了点头，指了指茶几上准备好的协议，对我说："你被录用了，把协议签了就可以开始上课了。"

"啊？这样就可以了吗？"

我惊讶不已。

他该不会真的精神不正常吧？

我看了看面前的协议，迟疑地拿起笔，吞了吞口水。

甲方：池太阳

乙方：童话

……

原来这个家伙叫池太阳，名字听起来怪怪的。看他那高傲的样子，他该不会真的以为自己是发光发热的太阳，所以大家都要围着他转吧？

我到底要不要跟这个精神不正常的少爷签协议呢？

"童小姐，这是预支的五千元薪水。"

李管家将一沓钱放到茶几上。

"我……"

我看着钱，两眼发光，但残存的理智告诉我事情没这么简单……

"不想签就走，我不喜欢浪费时间。"

池太阳见我一直犹豫不决，突然冷冷地一笑，伸手就要把协议拿走，当然还包括那五千元。

眼看着到手的钱就要飞走，我想起了小雅哭泣的面庞。

"不要！"

我伸手抓住协议，对着池太阳讪笑道："不要那么着急嘛，少爷，我这不是一下子忘记自己叫什么了……"

"那你最好不要写错了。"

池太阳冷笑一声，放下协议。

我无奈地趴在茶几上，一笔一画地写下自己的名字，写完之后，才发现池太阳嘴角微微上扬，那明显是计谋得逞之后的笑容。我如梦初醒，却只能眼睁睁地看着协议被他拿走。

呜呜！我是不是太草率了？

2

晚上，我躺在床上辗转反侧，一直睡不着，为我未来的命运感到担忧。

池太阳绝对不是一个好惹的人。

一个晚上，我都在费尽心机把自己学到的东西讲给他听，可他显然没有在听我的补习，只是静静地坐在我对面，盯着我的眼睛看，看得我全身的汗毛都竖了起来。

好不容易他不再看我了，却不准我走，端着咖啡自己一个人坐在书桌旁，让我趴在不远处的茶几上写作业。

一直熬到九点半，他才放我回家。

还好老妈也没问我，以为我去了小雅家。偏偏这个时候，池太阳打来电话。不知道他究竟跟我老妈说了什么，我只看到老妈听完之后笑得贼兮兮的，还交代我以后要好好跟邻居相处，不要误人子弟。

拜托！

我误人子弟？那个池太阳根本就不需要我教他！

讲解题目的时候，他一点都没有听，最后我让他答题的时候，他倒好，随随便便就写完了，还一道都没错！

我看他就是扮猪吃老虎，让我做他的家庭教师说不定另有目的……

想着想着，我睡着了，可睡梦中，池太阳的眼睛就像阴魂般挥之不去，吓得我出了一身的冷汗。

于是，我又起晚了！

"老妈，我走了，要迟到了！"

我叼着吐司，一手抓着豆奶，一手拎着书包往公交车站跑去。

眼看公交车就要来了，这时一辆高档轿车停在了我身边，后座的玻璃被摇下来，池太阳那张冷脸出现在我面前。

他面无表情地说道："上车。"

"啊？"

"上车。"

池太阳不耐烦地皱起眉头，重复了一遍。

"我们又不同校。"

我把书包背上，腾出一只手抓着吐司，绕开轿车就要走："别挡着我，车来了！"

"我已经转学到格林学院了。"

池太阳示意司机向前开，又拦住了我的去路。

"不会吧？"

我这才注意到他身上穿的校服，真是我们学校的。

我无奈地问道："你到底想干吗？"

"为了跟你在一起。"

"啊？"

我被吓了一跳，嘴里的吐司都喷了出来。

"你忘了我们签了协议吗？"

池太阳嫌弃地看了看我，不慌不忙地掏出昨天签的协议，翻到最后一页，指了指最后一行跟蚂蚁一样大的小字——

童话必须无条件服从池太阳的安排，二十四小时随传随到。

什么？

我眯着眼睛看完，顿时火冒三丈："你故意写那么小，我根本就没看到，这根本就是不平等条约！我要抗议！"

我就说我怎么整晚都心神不宁，眼皮跳个不停，还不断地做噩梦，原来我早就被池太阳这家伙算计了！

他为什么还特意转到我们学校来？

格林学院虽然在本市也算是一所不错的重点学校，但跟他原本就读的第五学院比起来就差远了，所以他是脑袋坏掉了，才会转到我们学校吧！

"抗议无效。"

他冷冷地说。

看了看坐在后座，一脸理所当然的池太阳，我只能先下手为强。趁他没注意，我往前一拐，绕过车头，一个箭步朝公交车站跑去。恰好这时一辆公交车停了下来，我立马蹿了上去。

"拜拜……"

我得意地朝池太阳挥手。

哼，我才不要跟池太阳这个怪人一起去学校呢！

在格林学院，八卦的传播速度一向比光速还快，像他这种走到哪里都是发光体的家伙，跟他沾上边肯定没好事！

可我并没得意多久，过了两站，一个熟悉的身影上了公交车。

池太阳！

啊，我肯定是眼花了！

只见池太阳站在车门口，犀利的目光扫视一圈后就落在了我的身上，我想拿书包挡住自己的脸都来不及。

他朝我大步走来。

"那位同学，请刷卡！"

就在这时，司机大叔叫住了他。

池太阳不解地回过头，那冷冷的目光让司机愣了一下，司机无奈地说："瞪我干什么？你倒是刷卡啊！"

"扑哧——"

我躲着偷笑，却被池太阳抓个正着，他朝我勾了勾手指："过来，我没卡。"

这下，全车人的目光都集中在我身上。

该死的池太阳！你没卡关我什么事？我是欠了你钱吗？不对，我好像是欠了他钱，昨天的工资是预支的，说起来也算是欠了他的……

我只好走过去帮他刷了卡。

池太阳倒是一点都不客气，坐在了我身边，还冷着脸教训起我来："我不喜欢人多的地方。"

瞧他这话说的，好像是我逼着他上的公交车一样。

"谁让你跟上来的！"

我撇撇嘴，一想起被他骗着签了那不平等条约就不爽："我只是你的家庭教师，又不是你的跟班！"

"那好。"

说着，池太阳丢给我一本厚厚的习题册。

我翻了几页发现竟然是我们这个年级的题目。

这时，池太阳努了努嘴："做完了交给我。"

"喂，你是不是有病啊！"

我气得把习题册往他身上一扔。

就在这时，车子停了下来，上来一个女生，那个女生一副小太妹装扮，额前的刘海儿挑染了几撮黄色，校服裙子被剪短了，上面还画着乱七八糟的涂鸦，手臂上有好几个文身……

她往我和池太阳这边走过来。

女生一边走，一边往车后打量着，脸上露出不安的表情，所以没看到台阶，绊倒后往池太阳身上倒去。

"小心——"

我惊呼出声，但已经晚了。

为了不让女生跟自己有身体碰触，池太阳那个冷血动物竟然用一只脚抵住了女生。

"对，对不起……"

小太妹抓着扶手站起来，真诚地跟池太阳道歉。

她并没有像我想象中的那样跟池太阳吵起来，这倒让我刮目相看，一般的小太妹不是都没有礼貌吗？

反倒是池太阳，别人跟他道歉，他像是没听见一样，而且女生很真诚地跟他对视的时候，他一把抓住了我的手。

"喂，你干什么？"

我用力想要甩开他，手却被他握得紧紧的。

说起来昨天他也是这样，这个家伙好像很喜欢抓我的手，难道……他有恋手癖？

啊，越想就越觉得恶心！

幸好女生走过去后，池太阳就放开了我的手。

他看了我一眼，像是在犹豫，过了一会儿才莫名其妙地对我说："等会儿你最好不要去捡掉在地上的东西。"

"为什么？"

我不解地问。

可他闭上眼睛不再理我，也不跟我解释。

我怎么越来越觉得他像个神经病了，不是莫名其妙地抓我的手，就是神神道道地说一些让人听不懂的话……

要不是为了小雅，我真想远离这个危险生物！

我撇撇嘴，不再出声，转头看窗外的风景。

那个像小太妹的女生恰好坐在我身后的座位上，她一副坐立不安的样子，一直把头从窗口探出去，又回过头，露出很害怕的表情。

我顺着她的目光望过去，却什么都没看到。

过了一站，女生忽然焦急地站起来，匆忙下了车，只不过她走得太急，连手机掉了都没发现。

"喂，你的手机！"

我喊了一声，跑过去将手机捡了起来。

但女生已经下了车，司机也启动了车子，偏偏这时，一辆摩托车冲过来，司机被迫踩了急刹。

"吱呀——"

站在我身边的女生身子一晃，手上的热豆浆全都倒在了我的身上。

"对不起，对不起……"

女生连忙跟我道歉。

我当然知道不是她的错，只好回答"没关系"，回到座位上，自己掏出纸巾来擦校服和头发上的豆浆。

真倒霉！

根本就擦不干净嘛，校服上黏乎乎的！

等一下……

我看了一眼身边的池太阳，想起他刚刚对我说的话——

"等会儿你最好不要去捡掉在地上的东西。"

他好像预先就知道了我会去捡那个女生掉下的手机，还会被人泼一身的豆浆，所以才提醒我的，难道他有预知未来的特异功能？

不会吧！

肯定只是巧合而已，世界上哪来的特异功能啊！那都是电视剧、电影里才会出现的桥段，只是人们的想象罢了！

"脏死了。"

池太阳见我盯着他，往一旁挪了挪，然后用嫌弃的目光打量着我。

"关你什么事啊，少爷？"

我对着他翻了个白眼，又说："你要是嫌我脏就下车坐你舒服的高级轿车，干吗跑来跟我坐……"

说着说着，我的声音越来越小。

不知道为什么，池太阳有一种让人不寒而栗的气势，只瞥了我一眼，就足以让我的汗毛都竖起来。

算了！他好歹也是我老板，俗话说吃人嘴软，拿人手短，我还是不要理他好了，惹不起我还躲不起吗？

"哼，懒得跟你说！"

我嘟了嘟嘴，偏过头去，只希望能快点到学校。

一下车，我就朝学校跑去。

然而池太阳早已看穿了我的想法，才跑了几步，我就被他拖了回去，他几乎是用一只手抓住我的后衣领将我拎了过去。

"你跑什么？"

池太阳皱眉看着我。

"快迟到了啊，迟到了要被扣分的。"

我简直想找个地洞钻进去。

站在离学校大门这么近的位置，路上几乎全是格林学院的学生，他难道没看到我们已经成为大家目光的焦点了吗？

"那个男生好帅哦，是哪个班的啊？"

"我认得他，他好像是第五学院的池太阳。听说他是比当年的第五天还要厉害的角色，除了帅以外，人比第五天更加冷漠，据说他不愿意做学生会会长，但权力比会长都要大，没有人敢得罪他……"

"就是他！可他怎么会出现在这里，还穿着我们学校的校服？"

"他身边那个女生好像是一年级的，看两个人亲密的样子，难道池太阳是为了她转学过来的？"

"不会吧，所谓一山不容二虎，格林学院已经有独孤夜了，再来一个池太阳，这下有好戏看了！"

……

所以，现在除了我，全世界都知道池太阳是谁吗？

难怪小雅总是说我，不喜欢用智能手机，也不加入学校各种八卦群，消息闭塞得好像个老人家，这样看来……

我真是后悔啊！

要是那天我认出他来，绝对不会把他当成小偷，死死地跟着他，这样估计他也不会找上我，还设下陷阱让我签下那种不平等的"卖身契"。

"从这里到教学楼最多十五分钟路程，而现在才七点五十分，你有四十分钟的时间，就算爬也会爬到，所以你是想避开我。"池太阳好像完全没注意到周围的人，全神贯注地教训我，"所谓合约，就是签下了必须遵守的东西，我最讨厌不遵守约定的人！"

哎呀！他的眼神好可怕！

"那你还不是骗我……"

我缩了缩脖子，小声嘀咕。

可池太阳完全当作没听见，用冷冷的目光注视着我："所以，你要二十四小时听我的安排，随传随到，知道吗？"

当我是你家用人啊，还随传随到！

我暗暗腹诽。

"手机。"

池太阳放开我，面无表情地伸出手。

捡到的手机也要上交给他？

我犹豫地从书包里把捡到的手机掏出来递给他，池太阳接过去，点了一下屏幕又问："密码是多少？"

"我不知道。"

别人手机的密码，我怎么知道？

听到我的回答，池太阳的眉头皱成了"川"字，声音也提高了几个分贝："你的手机，你不知道密码？"

"这不是我的手机呀！"

我老实地说。

池太阳拿着手机看了看，似乎明白过来，冷冷地喝道："我是让你把自己的手机给我！"

"哦。"

我从口袋里掏出自己的手机递给他。

池太阳看了看我的手机，挑眉问："这就是你的手机？"

"是啊。"

我点头。

"这种老式的翻盖手机现在还生产吗？"

池太阳的语气充满鄙夷。

我就知道他会这么说，就连小雅都吐槽过我好多次，在这个智能手机泛滥的时代，我竟然还用着老掉牙的手机。

"我就是喜欢用它，怎么样？"

我瞪了池太阳一眼，然后小声地说道："这是外婆用的手机，是十年前我跟老爸一起买给她的生日礼物，但是第二年外婆就去世了。我一直用它，感觉就像外婆还在身边一样……奇怪，我为什么要跟你解释，关你什么事！"

池太阳深深地看了我一眼。

他没再说什么，接过手机，输入自己的电话号码，就把手机丢回给我："三秒，晚一秒接你就死定了。"

说完，他丢下我，戴上墨镜往学校走去。

哼！又没有太阳，戴墨镜耍什么帅！

我对着他的背影撇撇嘴。

3

"嗨，童话！"

肩膀被人拍了一下，我回过头看到了一脸好奇的小雅，她朝我眨了眨眼睛说："刚才那个长得很帅的男生是谁啊？"

"唉，别说了，昨天我……"

我把昨天发生的事情全说给小雅听，还添油加醋地把池太阳的"恶行"数落了一遍，她听后张大了嘴，半天没有合上。

"池太阳为什么会要你当他的家庭教师啊？"小雅歪着头，不解地看着我，"他比我们高一个年级不说，他在第五学院可是比当年的第五天还要厉害的人物，干吗要转到我们学校来？"

"谁知道啊！总之，五千块钱到手了！"

我从书包里掏出用信封装好的钱，交到小雅手中。

小雅接过钱，眼眶蓦地红了，她泪眼婆娑地看着我："童话，谢谢你，如果不是你，今天我都不知道该怎么办……"

"没事啦！"我拍拍小雅的肩膀安慰她，"大不了我就给池太阳那家伙当几个月的跟班好了，他又不会吃了我！"

"童话，你说池太阳他……"小雅揉了揉眼睛，吸了吸鼻子，望着我说，"他会不会是喜欢你，才做这么多不可思议的事情啊？"

"什么？"

我被小雅的猜测吓了一跳，用力地摇头："不，不会啦，小雅你脑袋也坏掉了吗？池太阳为什么会喜欢我啊？"

"一见钟情啊。"

小雅狡黠地朝我眨眼，继续说道："他不是在游乐园见到你就表现得怪怪的嘛，可能就是那时候喜欢上你了……"

真是越说越离谱！

我挥了挥手，制止她说下去："小雅，你别开玩笑了，池太阳那种人才不会喜欢我呢，一定有别的什么原因！"

"别的原因？"

"我跟你说，池太阳可能精神不太正常，被我发现了，担心我说出去，就把我绑在他身边……"

"啊？我看他挺正常的呀！"

"你不知道，就像吸血鬼一样，他平时表现得很正常，等到某个时刻就会突然发作，好几次他都莫名其妙地抓住我的手，我怀疑……"

我跟小雅一边聊天一边朝教室走去。

在公交车上捡到手机的事，我也跟小雅说了。小雅觉得那个女生掉了手机一定会打电话过来找我，所以我一整天都心神不宁地等着女生的电话，可直到傍晚放学时分，手机依然没有响起。

恰好今天轮到我值日。

其他人都走了，只剩下我一个人。

我拖了一会儿地，就拿着拖把站在窗前发呆。

手机丢了，按道理来说女生应该会很着急啊，怎么不打电话过来？

无奈手机又上了锁，我也没办法打开，要不然还可以翻看通讯录，打电话给她的朋友问问看。

早上看她身上的校服，她应该是隔壁那所高德女校的学生。难道我要直接去高德女校找她？但就算去学校找她，也不一定能碰到她啊！

该怎么办呢？

就在这时，手机响了起来。

我连忙去掏口袋里的手机，掏出来却发现不是，循着铃声找去，我看到自己课桌上的手机在颤动。

我拿起手机，看了看手机屏幕，是个陌生来电。

"喂？"

我疑惑地接通电话。

那头的人劈头盖脸地丢过来一句冷冷的质问："你在哪儿？"

"在教室里做值日啊。"

声音听起来那么冷漠，除了池太阳还有谁？他听了我的回答，什么都没说就挂断了电话。

我懒得理他，继续拖起地来。

没过多久，一个高大的身影出现在教室门口。

池太阳站在那里，冷冷地问："你在这里干什么？"

"没看到我在拖地吗？"

我连头都没抬一下。

"跟我回去。"

池太阳没了耐心，朝我大步走过来，一把抓住我的手臂就要往外走："别忘了你是我的家庭教师，你要帮我补习。"

"那也要等我做完值日啊！"

我抓住一张课桌，大声抗议。

"嗯……"

池太阳考虑了一下，放开了我。

这家伙，一看就知道作威作福惯了，估计从来没做过值日吧！鄙视他，我童话最鄙视这种四体不勤的家伙！

我揉了揉被他抓痛的手臂，在心里嘀咕着。

"你什么时候才能做完？"

池太阳瞥了我一眼，冷冷地问道。

我指了指教室后面的区域，说道："那边还没有拖，玻璃也没有擦，黑板也没有洗，柜子也没有清理……"

"那你还在磨蹭什么？"

池太阳打断我。

我怒了！

还讲不讲道理了，我本来好好地在做值日，明明是他在这里捣乱啊！

"池太阳，你到底想干什么？"我把拖把一扔，打算弄清楚心中的疑问，"你一个比我高一年级的学长，要我这个成绩还不如你的学妹给你当家庭教师，怎么想都不合理。你就跟我说吧，你到底打的什么主意？你是不是怕我把你这里……有问题的事说出去？"

我边说边指了指他的脑袋。

池太阳脸色突变，眯起眼睛来，看着我的目光有点恐怖。

"我，我发誓。"我举起两根手指，结结巴巴地说，"我绝对不会说出去！而且脑袋有问题也不是什么羞耻的事情啊……"

"够了！"池太阳呵斥一声，冷眼扫过来，"我没有问题，我找你来也不是真的要你当我的家庭教师，而是……"

他顿了顿，似乎在犹豫。

"从我生下来那天开始，我就能通过别人的眼睛看到未来会发生的事情，跟这个人有关的未来，近的远的，只要我想看，都能看到。"

啊？

我瞪大了眼睛，张大了嘴。

"但我不喜欢这个能力。"池太阳看了看我，平静地说，"那天遇到你，我发现自己从你眼中看不到你的未来，并且抓住你的手时，我的能力就会得到遏制，也不再能从别人的眼中看到他的未来，所以我才找到你，想把你留在我身边……"

他在说什么？看见未来的能力？

我猛地想起前两次见他的情形——

"喂，你放开……"

"别动！"

他用眼角的余光警告地瞥了我一眼。

不知道为什么，这个人好像生来就有一种让人无法拒绝的力量，我好像受了蛊惑一般不再说话，只是静静地站在那里。

他盯着大叔的眼睛看了一会儿后就放开了我的手，但马上又握紧了。

然后他又盯着大叔的眼睛看。

……

"叫其他人都进来。"

李管家听到吩咐，从大门口走了出去，没多久就领了十几个人进来，有男有女，应该是保安和用人。

他们齐刷刷地站在我们面前。

少爷抓着我的手，盯着他们看了一圈后，又松开了手。如此反复几次，他才心满意足地点了点头，指了指茶几上准备好的协议，对我说："你被录用了，把协议签了就可以开始上课了。"

……

所以，他之前会莫名其妙地牵我的手，是在测试牵我的手时能不能让他不再从别人的眼中看到未来吗？

不过，我才不相信世界上有人会有这样的能力呢！预知未来那不是电视剧里面才会出现的超能力吗？

但是……

我忽然又想到今天早上的一幕——

女生走过去后，池太阳就放开了我的手。

他看了我一眼，像是在犹豫，过了一会儿才莫名其妙地对我说："等会儿你最好不要去捡掉在地上的东西。"

……

"喂，你的手机……"

我喊了一声，跑过去将手机捡了起来。

但女生已经下了车，司机也启动了车子，偏偏这时，一辆摩托车冲过来，司机被迫踩了急刹。

"吱呀——"

站在我身边的女生身子一晃，手上的热豆浆全都倒在了我的身上。

……

如果说池太阳真有能看见未来的能力，那就可以解释清楚早上的一幕，也可以解释他为什么那么抗拒跟人对视，甚至也可以解释他为什么不择手段地让我成为他的家庭教师，还签下那份莫名其妙的协议……

可是，我还是不敢相信！

正常人遇到这样的事情，第一反应应该也是不相信吧！

"呵呵。"我摇了摇头，对着池太阳干笑道，"少爷，你就不要跟我开玩笑了，又不是演电影，你当我真的是笨……"

"啊——"

突然，一个尖锐的叫声响起。

怎么了？

话还没说完的我听到尖叫声后，连忙往教室外跑去。

我冲出去的瞬间，看到了这样一幅画面——一个女生从教学楼对面的围墙上跳下来，正好落在一个高大的男生怀里，那个男生有着完美的侧脸，在夕阳的余晖下熠熠生辉……

"独孤夜！"

我脱口叫出他的名字。

独孤夜听到我的喊声，扭过头来。

一头干净利落的黑色短发，有几绺飘散在额前，落在眼睑上。他瞪大了眼睛，那双宝石般闪耀的黑色眼眸，映着夕阳，像是荡漾着点点碎金，衬着完美的五官，让人不由自主地被他吸引……

他抱着女生的姿势，是格林学院女生们都梦寐以求的公主抱，而那个女生正是早上我在车上碰到的小太妹。

好帅！

我用双手捂住嘴巴，生怕自己会喊出来。

"发生什么事了？"

身后，池太阳的声音吓了我一跳。

我心虚地回过头，而他正好走到我身边，我的身高本来就刚好到他的胸部，结果……

"哎呀，你的扣子挂住我的头发了！"

我歪着头，用力地挣扎。

池太阳不耐烦地一把抓住我的头发，焦躁地喊道："你别动！"

救命啊！

为什么偏偏在这个时候？偏偏在独孤夜面前？该死的池太阳，他为什么要走过来？我简直想找个地洞钻进去！

我哪里肯听池太阳的话，一个劲地乱动。

"别动！"

池太阳按住我的脑袋，我这才被迫停下来。他低下头，慢慢地解开我的头发。他离我那么近，炙热的气息喷在我的耳朵上。

我不安地扭动着头。

这时，池太阳刚好解开我的头发，我一抬头，而他低着头，我的嘴唇恰好触碰到他的脸。

啊——我亲了池太阳！

我竟然当着独孤夜的面亲了池太阳！

池太阳也是一愣，但我已经懒得去看他的表情，我顶着一头乱蓬蓬的头发转身对独孤夜说："我，我刚才跟池太阳……我只是，只是不小心才碰到他的脸……我没有亲他，我不是故意的……"

呜呜！

为什么我觉得越解释越糟糕了呢？

"我知道。"

独孤夜淡定的声音远远地传来。

他放下怀中的小太妹，而那个小太妹说了一声"谢谢"后，朝我这边看过来，她深深地看了我一眼。

突然，我的脑袋一痛，眼前闪过一个奇怪的画面——

一个女生躲在楼梯上面偷偷地往下看，而楼梯下面，另一个女生摔倒在地，她的身边有一架侧翻的轮椅，她正艰难地从地上爬起来，而站在楼梯上面的女生红了眼眶，转身拼命地跑开，躲在一个阴暗的角落里，哭得十分伤心……

为什么我会看到这些奇怪的画面？

画面里的陌生女生又是谁？

"在发什么呆？"

池太阳用手在我眼前一挥，画面随之消失。

我回过神，此时那个小太妹已经往另一边跑了，只留下独孤夜，他见我又看向他，马上别扭地转过头去，然后快步离开了。

他还是跟以前一样，每次看到我就这样走掉，只有面对小雅时才和颜悦色，上次我还看到他给小雅捡课本呢！

一定是那次在食堂里，他第一次跟我说话，我因为太激动，竟然把汤洒在他身上，从此以后他见到我都没有好脸色……

呜呜呜！

我不是故意的！

"你喜欢独孤夜？"

池太阳靠在门框上打量着我。

"没有，没有。"

我连忙摇头否认。

但池太阳专注的目光让我有点把持不住，我捂住滚烫的脸，露出两只眼睛瞪着他："是又怎么样？反正在格林学院人人都爱独孤夜，又不只有我一个！"

池太阳眯着眼睛，沉默地看着我。

他的眼神有一种让人不可抗拒的力量，看着我的时候，我甚至会忘记要移开自己的目光，只能跟他对视。

"哼，他的魅力有那么大吗？"

池太阳轻哼一声，一把拎起我的后衣领，把我往外拖："我对你喜欢谁没有兴趣，你只要乖乖地跟我待在一起就好，你所有的时间都是属于我的。"

"喂喂，我的值日还没做完！"

"池太阳，你到底有没有听我说话？我不做值日明天会被老师惩罚的！"

"喂——"

我的叫喊声在夕阳下的格林学院里回荡……

第二章

CHAPTER 02

友 情 的 代 价

1

我被池太阳拖到电影院门口。

他直接拉着我去了VIP放映厅，放映厅已经在放映电影了，里面空荡荡的，除了我和池太阳没有其他人。

不是吧？这家伙十万火急地把我拖走，就是为了让我陪他看电影？而且他还专门包了一个放映厅？

正在播放的影片竟然是前天刚上映的一部3D动画片，据说票房十分火爆，这两天带着小孩的家长几乎挤爆了电影院。

"池太阳，你该不会是要看动画片吧？"

我怀疑地看了看他。

左看右看，上看下看，怎么看池太阳都跟动画片扯不上关系，装嫩、扮有童心之类的，想想鸡皮疙瘩都掉一地！

"废话那么多。"

池太阳瞥了我一眼，拉着我在最前排的沙发椅上坐下来。

坐下来后，池太阳就戴上眼镜，目不转睛、全神贯注地看起电影来，好像忘记了自己还抓着我的手。

我无奈极了，只好自己甩开来。

"你干什么？"

才甩开，我的手又被池太阳抓住了。

"我才要问你干什么呢？看电影你还抓着我的手，想干吗？"

我没好气地瞪他。

手牵着手看电影这种温馨的画面应该发生在一对热恋的情侣身上才对吧！

"你想太多了。"池太阳看了我一眼，又转过头去继续盯着大屏幕，"要不是我看电影也能透过他们的眼睛看到未来，知道后面的剧情，我才不会带你来。"

咦？

意思就是，他看动画片，也能透过动画人物的眼睛看到未来的剧情走向？哇，这种超能力会不会太厉害了！

怪不得他都不看电视，每天尽看些我看不懂的书！

"那你回去帮我看看最近在播的那部《不一样的太阳》里面，男主角最后有没有跟女主角在一起，男配角会不会死？"我像找到宝贝一般，兴奋地说，"还有，女配角的阴谋最后会不会被揭穿？女主角的病好起来了没……"

"闭嘴！"池太阳不耐烦地打断我，冷冷地转过头，"你觉得我会帮你做这些无聊的事情吗？"

"不会。"

我撇撇嘴，怏怏地耷拉下脑袋。

刚才我一定是脑袋坏掉了才会跟池太阳说那些话……不过，看他认真盯着大屏幕的样子，跟平常真的很不一样。

此刻的池太阳像个天真的孩子，眼睛盯着大屏幕一动不动，时不时还弯起嘴角露出笑容来。

跟他在一起这些天，这还是我第一次见他笑，他笑起来的时候，整个人似乎都沐浴在温暖的阳光里，比冷冰冰的模样更加好看……

我不由得看着他发起呆来。

可能是感受到了我的目光，池太阳偏过头来看了我一眼。

这一眼可把我吓坏了，我感觉自己的脸热乎乎的。为了掩饰，我夸张地喊道："哎呀，看电影的时候，爆米花和可乐是必不可少的，我们都没有买。我好久没吃香喷喷的爆米花了，好想吃啊，我去买吧！"

说着，我站起身来。

"坐下！"

池太阳不高兴地命令道，抬了抬下巴说："我讨厌听到身边有人吃东西的声音，再说你走了，我还用看后面的剧情吗？"

"哦。"

我只得又撇撇嘴，坐下来。

池太阳看得津津有味，但我对这种3D儿童动画片可没有兴趣，还不如回家看我新买的动漫书呢！

而且，说到爆米花，我早已嘴馋不已，幻想着门口有香味飘了进来，顿时坐立不安起来。

这时，池太阳好像觉察到了什么，瞟了我一眼后，从口袋里掏出手机来。

我在座位上扭来扭去，无聊地玩着扶手，并没有注意听他说了什么。

过了一会儿，池家的司机拿着一大盒爆米花和两杯可乐走了进来。

我的眼睛顿时亮了起来。

"少爷，你要的爆米花和可乐。"

司机大叔走过来。

池太阳扫了他一眼，冷冷地说道："我不是让你只买一杯吗？我不喝这种碳酸饮料，只喝纯净水，你不知……"

"看电影的时候一定要喝可乐啦！"

我从为难的司机大叔手里接过东西，把其中一杯可乐塞到池太阳手中，对着大叔咧嘴一笑："谢谢你，大叔！"

"没，没关系……"

司机大叔对着我摇了摇手，然后急急忙忙地走了，好像生怕池太阳再说些什么。

"你看你，那么凶，连司机大叔都被吓跑了！"

我满足地吸了一口可乐，又抓了一把爆米花塞进嘴里，说道："你这个样子，肯定没有女生喜欢你。现在可不流行你这种冷冰冰的少爷风了，现在的女生都喜欢暖男，就是既温柔又体贴，让女生感觉温暖的那种……"

"你说够了没有？"

池太阳打断了我，犀利的目光朝我射来。

我这才觉察到自己说了什么，虽然我觉得自己说的没错，但池太阳可不是那种喜欢听别人数落他的人。

我抿了抿嘴唇，收了声，低头吃爆米花。

算了！

懒得跟他说，我还是做一个安静的美少女吧！

过了一会儿，我听见吮吸可乐的声音，微微侧过头，竟然发现池太阳在喝刚才我硬塞给他的可乐，喝了几口后，他又伸手过来抓我放在中间位置的爆米花，当然他似乎完全没注意到自己的行为，眼睛还盯着大屏幕……

呵呵！

池太阳这家伙，这下完全诚服在美味的爆米花和可乐之下了吧！

看完电影，池太阳不但吃了一半的爆米花，还把可乐喝得精光，所以出了电影院，他还在打嗝。

"嗝，嗝……"

"你没事吧？"

我刚要用手拍拍他的背，就被他瞪了一眼。

池太阳皱起眉头，尴尬地指着我说："还不都是因为你，弄一堆垃圾食品过来，才会害得我这样。"

喂，你到底还讲不讲理了？

我撇撇嘴，不说话。

就在这时，我看到了一个熟悉的身影，她从电影院出来后躲躲藏藏地往旁边的小巷子走去。

虽然天已经黑了，但我还是通过电影院周围无处不在的霓虹灯看清楚了，她就是早上掉了手机的那个女生。

"等一下！"

我喊了一声，急忙追上去。

身后的池太阳也看到了那个女生，但他伸手拉住了我："不要多管闲事，我们该回去了。"

"我只是还她手机啦。"

我挣扎着，想甩开池太阳。

可池太阳没有放开我，而是指了指女生跑开的方向。这时，一群手臂上也有文身，打扮得像小混混的人跟着出现，尾随女生而去。

"糟糕，快去帮她！"

我更加坚持要去找那个女生了。

池太阳皱起眉头，陡然变得恶声恶气起来："你疯了吗？你难道看不出来那女生也不是什么好人！"

"我知道。"

我当然看得出来那女生是个小太妹。

"那你还要去帮她？"

池太阳气得揉了揉太阳穴。

"不是的，我总觉得那个女生遇到麻烦了，就算她不是好学生，我们也不能见死不救吧？那我们跟那些坏人有什么区别？"

趁池太阳发愣，我用力甩开了他的手。

我循着方向追过去的时候，女生已经被那群小混混围了起来，其中一个小混混用力地将她推了一下，女生撞在了电线杆上。

"快点把东西交出来！"

小混混长得又高又壮，染着黄色的头发，门牙缺了一颗，说话的时候有点漏风。

"我没有拍到，我都说了没有拍到！"

女生痛苦地揉着背，倔强地说。

那个小混混听了立刻冲过去想要拽她的头发，我见了，急忙跑过去，一把推开小混混。

他没想到我会冲出来，跟跄了一步，差点摔倒。

"臭丫头，你是谁啊？"

缺门牙的小混混怒气冲冲地看着我。

其他人也围过来。

"呵呵，其实……"

我也不是笨蛋，这种情况下，我不可能跟他们硬来，只好讪笑道："其实……我只是来还东西给她的，还完我就走！"

哈哈，我都要为自己的机智鼓掌了。

可就在这时，女生突然急了，眼珠一转说道："你说什么呀？我根本不认识你，我也没有掉东西，你走开啦！"

她用手肘推了我一把。

"给你们。"

然后，她从口袋里掏出一个白色的东西朝小混混们丢去，接着飞快地朝另一个方向跑去。

跑开之前，我听见她在我耳边说道："快走！"

但我并没有反应过来，等明白她说了什么想跑时已经晚了。几个小混混看清那东西后，把我围了起来。

"想骗我们，没门！"

东西放哪里了？"

"呜呜，什么东西啊？我真的不认识她啊！"

这一刻，我才真的害怕起来。

夜晚的小巷子寂静无声，大多数人看完电影后都会选择走大路回家，谁会跑进影院后面阴暗的巷子来，所以指望路人来救我是不可能的了。

"东西该不会在你身上吧？"

缺门牙的小混混满眼怀疑地看着我，伸手就要往我身上摸过来，大概是想搜我的身。

不要啊！

想到他要在我身上摸来摸去，我只觉得恶心！

就在我要哭出来时，缺门牙小混混的头被一个不知道从哪里飞来的红色物体砸中，他吃痛地缩回手："谁啊？给老子滚出来！"

我吸了吸鼻子，收住快要流出来的眼泪。

咦？

这个红色物体不是电影院发的那部动画片的纪念品吗？

"你还没有资格问我的名字。"

池太阳从巷子的拐角处走出来，他高大的身影几乎挡住了身后昏暗的路灯发出的光，所以看不真切他此时的表情，我只听得见他冷冷的声音，比起平常跟我说话时的冷漠来，简直可以说瘆人。

连小混混们都感觉到了，他们下意识地后退了几步。

"小子，不要多管闲事。"

缺门牙的小混混因为自己突然的胆怯而恼羞成怒。

"我本来不想管，但我不想第一天就失去我的东西，她对我太重要了……"池太阳指了指我。

什么？

我激动地叉腰，生气地对池太阳吼道："池太阳，你说谁是你的东西呀？我才不是什么东西！啊，不是，你才是东西！"

"吵死了。"池太阳冷冷地扫了我一眼，"等我解决他们，再跟你算账。"

"你这个小子，也太不把我们放……"

缺门牙的小混混才说到这里，只听"砰"的一声，他被池太阳踢倒在地，爬都爬不起来。

接下来就是一阵打斗。

我站在原地，看着池太阳不费吹灰之力把一群小混混揍了个遍。我惊得目瞪口呆。

看池太阳养尊处优的，一点都不像会打架的样子，没想到打起架来这么威猛。我好像明白了为什么今天格林学院的男生一个个见到他就像见到老虎似的，躲得远远的，他的确……呃，挺可怕的！

池太阳解决完小混混们时，我还在发呆。

"还不走？"

他瞪了我一眼。

我"咕咚"咽了一口口水，飞快地点头道："是，少爷。"

2

我以为那个女生不会再联系我，没想到第二天一大早，我竟然接到了她打来的电话。

她告诉我，她叫白浅浅，昨天晚上她是迫不得已才说了谎，手机对她非常重要，她跟我约定放学的时候在学校大门口来拿她的手机。

放学的时候，我才走到学校门口，就看到她正站在那里四处张望。看到我走过去，她欣喜若狂地朝我挥了挥手。

"童话，我在这里！"

可下一秒，她的表情就凝固了。

"你的手机……"

我刚要把手机给她，顺便问清楚她到底遇到什么事情了，可是她突然打断了我，一把将手机塞进我的口袋。

"对不起，我现在不能拿走它，你可以替我暂时保管它吗？"

白浅浅用乞求的眼神看着我，又说："如果有人找你要，你就说你什么都不知道，千万不要给别人，特别是昨晚那群人！"

"可是，手机里面到底有什么啊？他们为什么……"

"不要问我，我不能把你牵扯进来。"白浅浅不安地往四周看了看，然后一把推开我，急急忙忙地跑了。

我跟跄着向后倒去，跌进一个温暖的怀抱。

"会……会长？"

惊魂未定的我抬头看到独孤夜那张帅气的脸，有点不敢相信，半天才反应过来，慌忙站起来："谢谢你，会长。"

这是我第三次跟他说话啊……

想起第一次他跟我说话时，我不小心洒了他一身的蛋花汤，我难过得一晚上都没睡觉；第二次，我跟池太阳在一起，还发生了尴尬的一幕，正好被他看到了。这次，我一定要好好表现。

"没关系。"

独孤夜移开目光，僵硬地回答。

果然……

他还是这样，看都不想看我一眼，估计是被洒蛋花汤的阴影还留在他的记忆深处吧！

童话，你赶快跟他解释啦，赶快告诉他你不是故意的！

就在我思考该怎么开口时，独孤夜突然莫名其妙地说道："你最好不要再跟刚才那个女生接触。"

"啊？"

我有些惊讶。

"她是个记录不良的学生，曾经还害得我们学校一名女生摔断腿。"

独孤夜认真地看着我说。

"我知道她不是好学生，但是……"我尴尬地挠了挠头，不解地问，"会长，你为什么跟我说这些啊？你不是讨厌我吗？"

"我为什么要讨厌你？"

独孤夜僵硬的表情一下子变得生动起来，他既震惊又着急地说："童话，我没有讨厌你，真的！"

"半年前，在食堂里我不小心把蛋花汤洒在你身上，自己还笑出声来……"我可怜巴巴地说，又对着独孤夜来了个九十度鞠躬，"对不起，会长，我真的不是故意的！"

"原来你说的是这个。"独孤夜慌忙摇了摇头，对我说，"我都快不记得发生过这件事了，我只记得你当时的笑……"

说到这里，独孤夜戛然而止，他的表情又变得跟以前一样僵硬。他勉强地对着我扯了扯嘴角："对不起，我还有事，要先走了。"

然后，独孤夜像个机器人般转过身，快步走了。

呜呜呜！还说没有讨厌我，还说没有生气，明明他说还记得我的笑，他一定以为我是在嘲笑他。

"人都走了，你还在看什么呢？"

嘲讽的声音传来，池太阳双臂环胸，一脸鄙夷地出现在我面前。

"哼，你管我。"

我轻哼一声，不想跟他争辩。

"我当然不想管你，但你现在得马上跟我回家。"

池太阳二话不说就把我拖上了停在路边的车。

"开车。"

池太阳对司机大叔吩咐道。

一路上，池太阳都偏过头看着车窗外，没再跟我说一句话。

我也懒得理他，从口袋里掏出手机，开始琢磨白浅浅的事情。

虽然独孤夜说她是个坏学生，让我不要跟她接触，但我总觉得她并没有那么坏……

她好像真的遇到什么麻烦了！

刚才她一定是看到那几个小混混了，才没敢从我手上拿走手机，那这部手机里到底有什么重要的秘密呢？

我打开手机，只能看到屏幕保护图案是一个女孩的照片，她笑得甜甜的，留着长发，有着白皙的肌肤、姣好的面容，一双丹凤眼顾盼生辉。

但她不是白浅浅。

她跟白浅浅是什么关系呢？

我有点担心，隐隐觉得手机里的秘密跟她有关。

昨天那群小混混一看就不好惹，他们没找到自己需要的东西，肯定会继续追着白浅浅，那她岂不是很危险？

我歪过头，恰好看到池太阳正皱着眉头看向我。

四目相对，我脑海中突然灵光一闪，池太阳不是说他能透过别人的眼睛看到未来吗……

"呵呵。"

我没头没脑地笑了两声，朝池太阳凑过去。

"你想干吗？"

池太阳警惕地往一边挪了挪。

"呵呵，没什么。"我不怀好意地笑了笑，拿着手机往他身边又凑了凑，"少爷，你不是说自己有看见未来的超能力吗，可以帮我看一看这个女生未来会发生什么吗？"

池太阳瞟了一眼手机。

"你是白痴吗？这种现实中的人，我怎么可能通过照片看到她的未来？除非真正面对面直视她的双眼。"

他冷冷地把手机推开，又瞪着我："就算可以我也不会帮你。你搞清楚，我雇你的目的就是为了不去看这些乱七八糟的东西。"

"看不到就说看不到嘛，反正我本来就不相信你。"

我嘟囔道。

"你说什么？你以为我在骗你，我真的可以看见……"

池太阳听到我的话后有些愤怒，但他可不是那种有耐心向我解释的人，他压下怒火，捏住我的下巴，狠狠地说："总之，你就老老实实地待在我身边，不要给我找麻烦就好。"

"说了不是麻烦，是乐于助人！"我拍开他的手，理直气壮地教育他，"如果你真有那样的能力，那它一定是上天赐予你的美好礼物，上帝爷爷肯定希望你用它来帮助别人，那样才有意义啊……"

"你懂什么？"

池太阳大声呵斥道。

我被吓了一跳。

我发现他脸色铁青，眼神变得冰冷又残酷："你不要把一切都看得太美好，这种能力从来不是什么上天赐予的礼物，而是一种惩罚，一种负担……"

"是你自己内心太阴暗了吧，干吗总把事情往坏的一面想呢？"

我真为自己的勇气感到惊讶。

果然，池太阳朝我投来的目光愈发恐怖起来，他几乎是对我吼道："你知道什么？要不是因为它，我不会发现我尊敬的父亲竟然有外遇，我也不会傻到告诉我的母亲，那样他们也不会离婚……"

网上很多小道消息都说，当年天池集团总裁，也就是池太阳的父亲有了外遇，所以他父母在他很小的时候就离婚了，之后天池集团一分为二，他母亲拿走一半的股份成立了跟天池集团对立的企业……但我没想到原来这一切是他的"超能力"造成的……

他现在一定很自责吧？

但是这又不是他的错，算起来他父亲才是罪魁祸首吧，不过……就算是这样，换了谁都会先责怪自己。

"对不起……"

我小声道歉。

车里很静，开车的司机大叔也一句话都不敢说。

直到回到家里，池太阳都没有再说什么，下车后，他才突然丢出一句："今天晚上你把英语课文全都背了。"

"为什么？"

真是晴天霹雳啊！

老师都没要我这么做过，他凭什么！

"你英语每次都只能考七十多分，你觉得这样有资格做我的家庭教师吗？"池太阳轻轻地扫了我一眼。

呃……他说得好有道理啊，我竟然找不到理由反对。

不对！

"池太阳，你又不是真的要我来给你做家庭教师的，再说了，哪有学生要老师背书的？喂，你快放开我啦！"

说起来，自从认识池太阳后，我好像都在重复这句话！这家伙每次都这样拖着我走，真把我当作人形拖把了吗？

"少废话。"

"喂，我又不是拖把！"

"你信不信我真的让你变成拖把？"

"呜呜呜，走过路过的大妈大婶叔叔伯伯们，大家快来看啊，学生竟然敢威胁老师，这个世界上还有天理吗？呜呜……"

"闭嘴。"

……

3

格林学院学生食堂。

我跟小雅开开心心地端着盘子在排队。

今天中午，有我最喜欢吃的土豆烧肉，还有油淋茄子，我闻到香味就已经觉得肚子饿得不行了。

偏偏这个时候，某个讨厌的家伙出现了。

"跟我走。"

池太阳又故技重施，抓住我的手就走。

"你放开我！"

我被他拉着走了一路才甩开他，这一幕不知道被多少双充满好奇的眼睛看见了。小雅之前告诉我，学校贴吧里全都是我跟池太阳的帖子，还有各种我们牵手的照片，我已经完全被贴上"池太阳的女朋友"的标签。

拜托！

那些人眼睛有问题吗？没看到我是被强迫的吗？

想到这里，我没好气地翻了几个白眼："干吗？你不吃你家大厨做的营养餐，跑到食堂来干吗？"

"我不是说过，厨师以后会准备两份饭菜，你要跟我一起吃吗？"

池太阳把我往食堂一楼拉去。

"我才不要，我要吃土豆烧肉和油淋茄子。"我又不是不知道他的菜单，那些连油都没有的所谓营养餐，绝对不合我的胃口。

"太油腻了，不准吃。"

"我就喜欢吃，不关你的事！"

"你每天跟我在一起，我不喜欢闻到那些菜的味道……"

我一着急，用力甩开他的手。由于反作用力，我往旁边倒去。而就在这个时候，一个挂着拐杖的女生刚好走了过来……

"砰——"

我们俩一起摔倒在地。

"对不起，对不起……"

我慌忙爬起来，口袋里的手机不小心掉了出来。

那个女生捡起手机，仔细地端详了好一会儿，着急地问道："浅浅的手机怎么会在你身上？"

说着，那个女生抬起头望着我。

我这才发现，她就是手机屏保图案上那个笑得甜甜的女生。

"我捡到的。"

我打量了她一下，只见她在校服裙下面还套了一条纱状的长裙，好像是为了挡住双腿，我注意到她穿着一双拖鞋，脚上缠着纱布。

难道……她就是被白浅浅害得摔断腿的女生？

但是她亲密地叫着浅浅，而白浅浅的手机又拿她的照片作为屏保，两个人不像是有深仇大恨啊！

事情越来越扑朔迷离了！

"我还以为……"

她没有说下去，把手机递给我，露出落寞的表情，转身拄着拐杖要走。

"喂！"

我喊住她。

"你又要干什么？"

池太阳不高兴地挡住我。

我不顾他的阻拦，对转过身来的女生喊道："你跟白浅浅是什么关系啊？我觉得她好像遇到麻烦了！"

女生睁大了眼睛。

"浅浅，浅浅她怎么了？"

她拄着拐杖的手颤抖起来，激动地朝我走过来："她这两天都没有回家，又不接我的电话，我都快急死了……"

"我们找个地方坐下说吧。"

我看了看她的腿，又用乞求的目光看了池太阳一眼："少爷，拜托啦……"

池太阳紧紧地皱起眉来，眯着眼睛看了看我，没有再阻止我。

我跟女生出了食堂，在校园安静的角落找了张椅子坐下来，说起了白浅浅的事情。

原来她叫白笑颜。

她跟白浅浅从小是邻居，两个人又同姓，一起长大的她们就像是一对双胞胎一样形影不离。

浅浅喜欢唱歌，笑颜喜欢跳舞，两个人都有着自己想要实现的梦想，浅浅希望成为一个受人喜欢的歌手，而笑颜想要成为有名的芭蕾舞演员，两个人曾经发誓一定要实现梦想，可是现在她可能永远都不能站上舞台了……

说到这里，笑颜眼泛泪水。

"你的腿伤是浅浅造成的吗？"

我的心里很难过。

"不是，这不是浅浅的错，虽然她一直觉得是自己的错，可我从来没有怪过她……"

她激动地解释着，眼泪掉在手背上，绽开一朵泪花。

"浅浅一直是个很好的女孩，她善良、天真、执着、有梦想，要不是她爸妈离婚，她爸爸开始酗酒，这种一而再，再而三的变故让她受不了打击，被周边那些小混混带着误入歧途，她不会变成现在这样！我发现了她的变化，非常心痛，我实在想不到别的办法，就每天跟着她，不让她跟那群人混在一起……"

笑颜哽咽了一下，又继续说道："那天，我一直跟着她，她为了甩开我，就冲过了马路，我也跟着追上去，结果被一辆从后面开来的车撞倒，我的腿才……从那天以后，浅浅就不再理我。直到一个星期前，她红着眼睛来找我，跟我说了很奇怪的话，说是要让他们付出代价……"

"她说的他们是谁啊？"

我问。

"我也不知道。"笑颜摇了摇头，紧张地拉住我的手，"但我总觉得有什么问题，前天晚上她没有回家，她爸爸不管她，我打电话她又不接，她会不会出事啊？"

"这个……我也是前天见过她，她应该在躲那群小混混。"

"她为什么要躲他们？她为什么会跟他们起冲突？我就知道肯定会出问题，那些人会是什么好人……"

"你别激动！"

我不知道该怎么安抚笑颜，目光一瞥，无意中看到了戴着墨镜满脸不耐烦地站在那里的池太阳。

灵光一闪，我想到了一个办法。

"池太阳，你看看笑颜的眼睛。"

我高兴地冲过去，摘下池太阳的墨镜，把他拉到笑颜面前。

池太阳一下子没反应过来，跟笑颜的视线对了个正着，但他马上移开了自己的目光，对我大吼道："你干什么？"

我被他一甩，差点摔倒在地。

可我不急不恼，爬起来又跑了过去："亲爱的少爷，你刚才看到什么了？有没有看到跟浅浅有关的未来？"

我真是太机智了。

笑颜跟浅浅的未来肯定相互交叠，笑颜的未来里肯定有浅浅的出现，所以只要池太阳看了笑颜的未来，不就知道浅浅将来会发生什么事了吗？

可池太阳黑着脸，用冷冷的目光看着我："就算看到了，我也不会说。"

他在生气，而且非常生气。

池太阳真的生气有多恐怖，我不是不知道，可这个时候，我也来不及想那么多，我只想快点帮笑颜找到浅浅。

"我知道你因为父母的事情，讨厌自己拥有的能力，但我觉得那并不是你的错，就算你不说，我相信你母亲以后也会知道的……"

我停顿了一下，看到池太阳恐怖的表情，"咕咚"咽了一口口水，坚持说下去："况且，不管怎么样，在能帮助别人的时候，我们都不该犹豫，这不是作为人类最基本的品质吗？如果浅浅真的出了什么事，你心里不会……"

"够了。"池太阳冷冷打断我的话，用复杂的眼神注视着我，"未来是不能改变的，提前知道对你没有任何好处。"

"那你至少告诉我，浅浅可能在什么地方啊？"

我不死心地问。

"我不知道。"

池太阳什么都不愿意再说，戴上墨镜转身就走。

"喂……"

我想要追上去，却被笑颜拉住，她不解地看着我："童话，你们到底在说什么啊？为什么他会知道浅浅在哪里？"

"这个……"我坐下来，尴尬地笑了笑，"没什么啦，池太阳认识的人比较多，或许能帮忙找到浅浅也不一定。"

"是吗？那你们真的能帮我找到浅浅吗？"

笑颜朝我露出希冀的目光，又看了看自己的腿："要是我的腿能恢复，我就自己去找她了……"

我有些难过。

为了让笑颜安心，我向她承诺道："放心啦，我一定会帮你找到浅浅，告诉她你很担心她。"

4

该死的池太阳！不帮忙就不帮忙，我自己去找浅浅！

本来我想叫上小雅，但又怕遇上那群小混混，小雅的嗜睡症要是发作，逃跑都困难，于是，我决定一个人先去浅浅的学校问问。

可还没走到她的学校，我就遇到了那群小混混。

他们这么快就找到了我，应该不是"遇到"这么简单，说不定他们一直在跟踪我。

果然——

"臭丫头，终于等到你落单了，快点把东西交给我们。"

又是那个黄头发、缺门牙的小混混，他的脸上多了好几道瘀青，似乎被什么人揍得很惨。

"什么东西？"

我心里大概猜到他们想要的是那部手机。

"不要装傻，把手机交出来，不然今天你别想走。"他说着，用手势示意其他几个小混混把我围了起来。

然后，他朝我走过来。

"你，你别过来……"

我的嘴唇都在颤抖。

这里明显是他们的势力范围，我看到好几个学生经过，但都选择绕道走，似乎都很怕他们。

"等一下！"

眼看着他就要靠近我，我从兜里掏出自己的手机，打算像上次浅浅那样声东击西，把手机丢出去先逃跑……

看我拿出手机来，缺门牙的小混混露出了得意的笑容，说："臭丫头，算你识相。"

"给你！"

就在我举起手机要丢出去时，一个矫健的身影突然蹿了出来，抢过我手中的手机，飞快地跑了。

"浅浅！"

我目瞪口呆地看着她的背影，反应过来后立刻追了上去："你等等我呀，笑颜让我来找你，她很担心你……"

浅浅的脚步顿了顿，她回过头看了我一眼，但很快又加快了速度。

我也回头看了看。

哎呀！那群小混混也追过来了。

就这样，浅浅在前面跑，我跟着她跑，后面还跟着一群叫嚣的小混混……

我们很快跑到了一条大路上。

眼看着小混混就要追上来，浅浅想直接冲过马路。而这时，天色已晚，一辆亮着灯的大货车朝浅浅撞了过去……

"浅浅——"

我喊着浅浅的名字，想要过去将她拉回来，可是为时已晚。

"吱呀——"

然而奇迹发生了，货车竟然在离她只有几厘米的地方停了下来。

我又惊又喜地跑过去。

"浅浅！"

这时，马路对面响起一个带着哭腔的喊声。

我一看，拄着拐杖的笑颜就站在马路对面，看来她还是忍不住，竟然不顾行动不便也跑出来找浅浅。

"笑颜……"

可当浅浅看到笑颜走过来的一刹那，身体却突然一软，倒了下去，幸好我及时拉住了她。

笑颜以为浅浅被货车撞到了，吓得要命，一下子眼泪就流了出来，把拐杖一丢，喊道："浅浅，浅浅你没事吧？"

那群小混混显然也被吓着了。

恰好，货车司机下车来查看，他们便跑了。

司机是个留着络腮胡、四十多岁的大叔，他查看了一下浅浅，说她没什么事，可能被吓晕过去了。

他还打电话叫来了救护车。

没过一会儿，救护车来了，医院的人也说浅浅只是暂时性昏迷。

笑颜跟着救护车先去了医院，我留下来跟交警叔叔做笔录。

"谢谢你。"

我对货车司机道谢。

"你不用谢我，其实多亏了那个电话……"货车司机抹了一把汗，说，"我开车出来前突然接到一个电话，说让我在这段路的时候开慢一点，不要撞到突然冲出来的小姑娘，我还以为是别人开玩笑呢，幸好注意了，不然……"

"电话？"

我脑海里闪过池太阳淡漠的脸。

不会吧？

池太阳那个家伙才不会这么好心呢！

可除了他，这个世界上还有谁，不但认识我和浅浅，还有这种预知未来的能力呢？

他一定是通过笑颜的眼睛看到了浅浅可能会被车撞的未来，才打电话提醒货车司机吧？

"童话——"

一辆车停在我的身旁，小雅焦急地跑了下来。

"你怎么来了？"我惊讶地问。

"我看你今天一直心神不宁的，放学的时候又一个人鬼鬼祟祟地往后门跑——平常你都是跟池太阳走的。一开始我还以为你跟他吵架了，后来我在门口遇到他，他说你可能在这里。我想你应该是为了那个叫浅浅的女生……"

小雅一口气说了一大堆话，然后拉着我的手，上看下看："总之，我就是担心你会遇到什么危险而来找你的！"

听小雅的描述，我几乎可以确定那个提醒电话是池太阳打的。

嘿嘿……看来那个家伙并不那么冷漠！要不是他，现在浅浅肯定伤得很重，笑颜也一定会伤心不已，还真要好好感谢他！

"我没事啦。"

我笑着拍了拍小雅可爱的脸。

"嗯，看到你没事，我就安心了！"

小雅轻松地点了点头。

这时，我注意到小雅坐的车里竟然还有另外一个人，那个人居然是独孤夜，他正定定地看着我和小雅。

"会……会长？你怎么在这里？"

我张大了嘴，合都合不拢。

"我……我送小雅同学过来。"独孤夜不自然地收回目光，僵硬地说道，"那……那既然没什么事，我就先走了。"

我愣了一下，然后就眼睁睁地看着车子开远了。

"我想来找你，可池太阳又不愿意送我，后来我碰到了会长，他听说你有事，立马就同意送我过来……"

小雅马上解释给我听，又笑着补充道："啊，我差点忘了，池太阳让我跟你说，让你赶快回去，他半个小时后必须看到你……"

"什么？"

顿时我把对池太阳的感激之情全都抛到脑后，气呼呼地叉腰喊道："他以为他是谁啊？我等下还要去看浅浅，我才懒得理他！"

"你为什么生气啊？这说明他一分钟见不到你就想你啊……"

"才不是！"

他就是为了他自己！

被小雅误会了，我还不能说，真是太憋屈了！

"好啦，那位交警叔叔叫你去做笔录哦！"

小雅掩嘴笑道。

做完笔录后，我跟小雅去医院看浅浅。

浅浅还没有醒过来，医生说她这两天精神高度恐慌，睡眠不足，所以被吓晕了之后才这么久都没醒，可能要到明天早上才能醒过来。

笑颜一直坐在病床边，静静地看着浅浅。

"你放心啦，浅浅她没事了。"

我走过去，安抚地拍了拍她的肩膀。

"我知道。"笑颜咬着嘴唇，低着头，轻声说道，"可是……刚才看到那辆车撞向她的时候，我发现自己的心就好像要炸开了似的，比当时车祸时，车撞倒我还要痛……"

她突然抬起头，我看到她眼中有泪。

她抓住我的手问："货车冲向她之前，我看到你们身后有一群小混混在追你们，我认识他们，以前和浅浅玩在一起的那群人……浅浅她到底，到底发生了什么事？他们为什么要追你们？"

"为了这部手机。"

我把浅浅的手机递给她，说："其实，我也不知道里面有什么，我没有密码，解不了锁。"

"我试试。"

笑颜接过手机，试着按了几个数字，竟然真的解开了锁，她哭着说："是我的生日，真的是我的生日……"

我们拿着手机查看，手机里除了两段视频，什么都没有。

于是，我们打开了视频。

第一段视频的画面抖来抖去，但还是可以清晰地看见两个人的样子，一个是光头，凶神恶煞的，另一个正是那个缺门牙的小混混。谈话的内容我们听得清清楚楚，原来撞了笑颜还逃逸的人正是那个光头，他像是混混们的老大。

第二段视频是浅浅自己拍的。

她忏悔了自己不应该在笑颜出车祸后受那群混混威胁，并且害怕得没有第一时间站出来指认凶手，还做了伪证。但那天看到笑颜在楼梯间摔倒后艰难地爬起来，而且想到笑颜有可能再也不能站上梦想的舞台，她非常后悔，所以才偷偷地拍了第一段视频，打算作为证据交给警察……

笑颜看完视频，拿着手机，泣不成声。

她紧紧地握着浅浅的手，好像要告诉她，她从来不曾怪过浅浅，她只希望浅浅能够回到她的身边，两个人像以前一样，做彼此最坚强的依靠，最亲密的朋友，实现属于她们两个人的梦想……

我拉着小雅静静地退了出去。

"童话，我们约定好，永远都不分开，好不好？"

小雅拉着我的手，红着眼睛感动地看着我。

"嗯。"

我点了点头。

"童话！"

小雅激动不已，想抱我，我却被一只手猛然拉了过去，让她扑了个空。

"恶心死了。"

一个讨厌的声音响起。

我转过头，发现池太阳戴着墨镜，一脸嫌弃地看了看我和小雅，又对我说："我不是让你半个小时内回家吗？"

"池太阳！"

我有点激动，不顾他还拽着我的后衣领，自己转身面对他："那个电话是你打的，对不对？你终于发现帮助别人是一件快乐的事情了，对不对？"

"少啰唆。"

他不耐烦地拎着我转了半圈，把我又转了回去。

但在那之前，他眼底闪过的一丝感动还是被我捕捉到了。

"你是不是看到笑颜和浅浅的友情，也被感动了？我看到了，你不要骗我，你一定感受到了……"

"白痴。"

池太阳的声音带着一些别扭，他一边拖着我往医院外面走，一边说："这是医院，你给我安静一点。"

"小雅，快救我！"

"没关系啦，我家就在附近，我自己打车回去就好了……"

"呜呜，我是让你救我！"

"池太阳那么喜欢你，他不会对你怎么样的！拜拜！"

"陈小雅，你刚才还说我们永远都不要分开！"

……

第三章

CHAPTER 03
彼 得 潘 的 守 护

1

"彼得潘是个永远长不大的孩子，他待在永无岛上，待在他的童年里，他会飞，每个人都疼他……"

我站在舞台下面，跟浅浅一起听笑颜念台词。

这是她复健后第一次站在舞台上，虽然还不能跳舞，但至少可以做简单的动作表演了，舞台上的她真的好美，所以浅浅才说她是属于舞台的……

偏偏这时，我的手机响了。

池太阳！

"我出去接个电话。"

我跟浅浅道了歉，拿着手机走出了礼堂。

"喂……"

按下通话键，我还没说什么，那端就传来池太阳讨厌的声音："在哪里？昨天让你做的练习题都做完了吗？"

"做完了。"

我有气无力地回答。

"那现在过来交给我。"

说完，池太阳不由分说地挂断了电话，我只听到那边传来"嘟嘟嘟"的声音。

可恶！

池太阳这个家伙到底想怎么样嘛！

　　期中考试临近，我被池太阳狠狠压榨，每天有做不完的习题和试卷，我已经弄不清到底我是他请的家庭教师，还是他是我的家庭教师，而他的理由竟然是我的成绩要是连年级前五十名都进不去，怎么能胜任他的家庭教师的职位！

　　说得好像还挺有道理的……

　　不对！

　　我不能被他洗脑，那明明是他设下的陷阱，说得好像是我骗了他一样！

　　就算我进了前五十名又怎么样，不说他高我一个年级，就他每天看的那些书，有几本是我看得懂的……

　　他只不过在找理由让我老实地待在他身边而已。

　　说白了我就只是一个屏蔽器，让他跟别人对视的时候，不再从别人眼中看到未来，让他觉得舒服罢了，干吗一定要我考进前五十名？干吗非得折磨我？

　　"池太阳，你是不是有病啊！"

　　我气愤地往池太阳的教室走去。

　　从礼堂去教学楼，会经过一片草坪，草坪的旁边是篮球场，我看到了一个熟悉的身影，不由得停了下来。

　　身高接近一米九的独孤夜，在篮球场上就像明星一样，闪闪发光，不管是运球上篮的姿势，还是拭擦汗水的动作，都让人移不开目光……

　　可偏偏这时一个人突然出现在我面前，挡住了我的视线。

　　"一千二百九十一，一千二百九十二……"

　　那个男生有着白皙的皮肤、精致的五官，他低着头，用好听的声音认真地数数。他的眼睛盯着脚下的绿草，似乎感觉不到我的存在。

　　"同学，你在干什么？"

　　我蹲下去，好奇地望着他问。

　　他抬起头来看了我一眼，他的眼睛明亮清澈，长相清秀，只是模样有点傻呆呆的。

　　他看见我后，对着我竖起一根食指："嘘，我在数草地上的草，弟弟说只要我数完了就会来找我。"

说完，他又低下头去，数起数来。

不是吧？

他真的在数草地上的草？

我被他的举动逗乐了，以为他只是无聊在开玩笑，不过很快我就发现他是认真的，他真的很仔细地在数着，没有停下来的意思。

"你弟弟为什么要你数地上的草啊？"

我蹲着朝前走了一步，捧着脸问他。

就在这时，另一个声音打断了我："你倒是在这里玩得很开心啊，我交代的事情全忘在脑后了吧？"

糟了！

我僵硬地回过头，看到的果然是池太阳那张似笑非笑的脸。

"嗨！"

我像白痴一样咧开嘴对着他笑。

他双臂环胸，居高临下地看着我，撇了撇嘴："不要告诉我，你为了看独孤夜打篮球，把我的话都当成了耳边风。"

"没有啦。"

我心虚地猛摇头，指着旁边的男生说："我是在观察他啦。他好奇怪，竟然真的很认真地在数草地上的草！"

池太阳看着我，不说话。

呃……

人呢？

我偏过头，这才发现刚才在数草的男生已经不见了。

池太阳摇了摇头，拽住我的衣领一把将我从地上拉起来，嫌弃地说："还不起来，蹲在地上脏死了。"

"呵呵。"

我干笑两声，突然想到了什么，从口袋里掏出一张票："对了，这是笑颜参演的舞台剧的票，她让我转交给你，她想对你表达谢意……"

"这次只是个例外。"太阳接过票只是淡淡地看了一眼，表情凝重地说道，"这样的事情不会再发生第二次。未来是不能改变的，白浅浅本来应该受很重的伤，但现在一点事都没有，这已经改变了未来，会有不好的事发生……"

"哎呀，哪里有不好的事？"

我不以为然地说着，蹦蹦跳跳地走到他面前，张开双臂："你看，现在不是什么事都没发生嘛，未来就是用来改……"

"砰！"

话还没说完，一只篮球朝我砸了过来。

"童话——"

"童话！"

两个声音同时响起，一个远一个近。

可我已经被砸得晕头转向，根本分不清是谁在叫我，我摸了摸自己的脸，只感觉脸滚烫滚烫的，还肿了起来。

"你怎么样了？"

"你怎么样了？"

这次两个声音是同时在我耳边响起的。

我定了定神，发现独孤夜不知道什么时候跑了过来，看到他焦急的目光，我下意识地用手遮住了自己的脸。

呜呜……

不能让他看到我这张被砸肿了的丑脸！

"我们去医务室！"

我心里一急，拉住池太阳的手就往医务室的方向拼命地跑去。

我跑得气喘吁吁才停下来，回过头一看，不禁吓了一大跳——我竟然抓着一个陌生小男生的手臂！

"你是谁？"

我甩开他的手，大喊道。

"同学，我还要问你是谁呢？"

小男生一脸无辜的表情，说："我的球砸到了你，我正打算过去跟你道歉，才走过去就被你拉着一路跑到了这里……"

"啊，对不起，对不起！"

估计我肿了的半边脸此时更红了，我连声跟小男生道歉。

小男生看了看我的脸，摇摇头，说："算了，该说对不起的是我啦，害得你的脸都肿起来了，我陪你去医务室吧！"

"不用了，我自己去就好，你回去继续打球吧。"

我对他笑了笑。

"这样不太好吧……"

小男生说着，目光投向我身后，似乎看到了可怕的东西，突然话锋一转："好吧，那我先走了，再见！"

我转过身，看到池太阳朝这边走过来。

池太阳这家伙，怎么别人看到他就跟见了鬼似的，这么害怕他，还是独孤夜更得人心……

"抓着别人的手跑开，你就不怕那个独孤夜误会吗？"

太阳撇撇嘴，冷着脸看我。

我郁闷地捂住疼痛的半边脸嘟囔道："看到我拉错了人，你也不提醒我一下，好丢脸！"

"好了，去医务室吧。"

见我捂着脸，太阳不再说什么，指了指前面的医务室。

荆校医正在忙，好像是几个男生打了架，每一个都伤得不轻，她看了看我的脸，把医药箱丢给池太阳。

"你先给她涂药吧。"

说完，荆校医就把我和池太阳丢在一边不管我们了。

"你……"

太阳还没被人这么对待过，正要发火，我连忙拉住他："算啦，我脸上的伤又不是很严重，我自己涂药就是了！"

呵呵，看池太阳吃瘪还真是开心！

荆校医脾气古怪是出了名的，她好像是独孤夜的姑姑，传闻说她喜欢的那个男人得了不治之症，年轻的时候就去世了，所以她快四十岁了还没有结婚，最看不得别人受伤生病，就来学校当了校医……

"坐下来。"

太阳指了指一边的床。

"没关系，我自己来就好了，我的手又没有受伤……"

说着，我就要拿过医药箱。

池太阳却抓住我的胳膊，一把将我按坐到床上，从医药箱里拿出棉签和药瓶。

他真的要亲自给我涂药？

我有点蒙。

"不要动。"

池太阳坐在我身边，用棉签蘸了药水，用手轻轻地抬起我的下巴，温柔地给我擦拭伤口。

他的动作很轻柔，好像在呵护小动物一般。

我习惯了他的冷漠、他的坏脾气，这样的池太阳，让我不太适应。我觉得那篮球不只砸了我的脸，好像还砸了我的脑袋，不然我的脑袋里为什么有轰鸣声？不只是脑袋，就连心也"扑通扑通"地跳。

"太阳……"

他的名字就这么脱口而出，把我自己都吓了一跳。

"嗯？"

池太阳没有注意到我语气的变化，随口答应。

"没什么。"

我咽了口口水，赶紧没话找话："我觉得，独孤夜真是个心肠很好的人，刚才他看到我被砸到，就担心地跑过来。上次他跟我说浅浅是个小太妹，让我离她远一点的时候，我还差点误以为他是那种有偏见的人……"

池太阳的动作突然加重了。

“啊，痛死了！”

我大叫着往后躲去：“你干什么呀？那么用力，好痛！”

池太阳也不管我是不是在喊痛，依然拿棉签蘸了药水用力往我脸上擦。

我一边躲一边往后退，退到床尾时，身体往后一倒，掉下床去。

完了！

就在这时，池太阳伸手拉住我，我被他一拉，由于惯性，向他的方向扑过去。

在我就要扑倒池太阳的一刹那，他果断地偏过头去，我的嘴擦过他的脸，撞上了白色的床单。

“你们……”

门口响起荆校医的声音。

“我们什么都没做，我没有亲到他……”

我赶紧从池太阳身上爬起来，拼命摇头解释，这才发现不只荆校医，门口还站着几个手臂缠着纱布、脸上挂着大大小小伤痕、鼻青脸肿的男生，其中一个伤得特别严重，两只眼睛都是瘀青的，半边脸跟我一样肿了起来，像极了大熊猫……

我刚好跟他对视了一眼。

跟上次在教室外看见浅浅一样，我的眼前突然又出现了很多奇怪的画面。画面里的正是门口站着的几个男生，他们扭打在一起，还有……刚才在草坪见到的那个数草的男生老是跟着他们，好几次都被他们欺负……

“你在发什么呆？”

池太阳的声音让我眼前的画面消散了。

我回过神时，荆校医已经走到我面前，她看了看我的脸，说道：“既然涂了药，就快回去上课吧，医务室不是谈恋爱的地方……”

“我们才没有……”

我觉得自己的半边脸痛得更厉害了。

“白痴，走了。”

池太阳把医药箱还给荆校医，瞟了我一眼，就先走出了医务室，走到门口的时候，那群男生自动给他让开了地方。

他们看了看池太阳，又用八卦的目光打量我。

"哦。"

我赶紧跟了出去。

看来过不了多久，又会有我跟池太阳的奇怪传闻出现了……

2

第二天。

"快点，小雅，你快点呀！"

我一边催促着小雅，一边朝教室门口看过去。

"干吗这么急啊？你不等池太阳了吗？"

小雅疑惑地收拾着书包。

"就是为了躲他啊！"

我实在等不及，走过去帮小雅把最后一本书收进书包，拉着她就跑。

小雅注意到我跑的方向不对劲，马上提醒道："童话，你跑错边了！"

"没有没有，我们就是要往后门去。"

往前门走那不是送死吗？

为了安全起见，我并没有拉着小雅直接走学校后门，而是来到后门旁边平时男生们上体育课时悄悄溜出去玩的一道缺口，这里的围墙比较矮，垫了石头，一跃就能爬过去，神不知鬼不觉。

"童话，你干吗躲着他呀？"

小雅从围墙上跳下来，拍了拍手上的灰尘。

"不是马上要期中考试了吗？池太阳那家伙竟然说，我要是考不进年级前五十名就不配当他的家庭教师，所以每天都逼着我看书做题，一天布置五六套模拟试题，我头都大了……"

我郁闷地跟小雅诉苦。

"扑哧——"

小雅听完不但不同情我，反而笑出声来："呵呵，我就说了他喜欢你吧，他其实只是想要跟你在一起才找这种借口吧。"

呃！

他是想要跟我待在一起没错，不过那纯粹是为了他自己！

我只不过是一个好用的屏蔽器，他恨不得把我拴在他身边，让他自己更舒服罢了！

我看了看小雅，欲言又止。

这对于池太阳来说可是个大秘密，虽然他没有要求我不能对别人说，但就算我说了，正常人都不会相信吧？

"哎呀，不是你想的那样啦！"我捡起被丢在地上的书包，转移话题，"我们快点走吧，今天我去你家躲躲，我就只想睡个好觉而已。"

"等一下我啦！"

小雅背上书包，追上我。

我们俩一边闲聊一边朝她家走去。

小雅的家离学校并不远，小雅家以前在东区，三年前她出了一场车祸后，她爸妈就把家搬到西区这边来了。而小雅嗜睡症的毛病好像也是车祸后遗症，我老担心她脑袋里是不是还残留着血块，还叫老爸帮她检查了几次，但结果是什么都没有，小雅比我还健康呢！

说起来，如果不是车祸，小雅就不会搬家，我也就不会认识她了。

一切都是命中注定啦！

"你是不是找死啊！"

突然，一个凶恶的声音传来。

我和小雅都吓了一跳，循声望过去，只见左边的小巷子里有几个男生把一个男生围起来，其中一个正挥动拳头要打那个被他死死摁在墙上的男生。

我拉着小雅走近了一点才看清楚，那个挥动拳头的男生正是昨天我在医务室遇见的鼻青脸肿的"熊猫君"，他两只眼睛的瘀青还没消，而被摁在墙上的男生正是那个在草坪上数草的奇怪男生。

被摁在墙上的男生可怜兮兮地抱着书包，不解地看着"熊猫君"。

"你们要干什么？"

眼看拳头就要挥下去，我大喊一声，阻止了"熊猫君"的暴行。

"熊猫君"的拳头打偏了，落在墙上，他吃痛地缩回手，回过头来看着我和小雅："是你？"

他好像认识我。

"童话，你不要过去！他们好像是二年级的，经常打架……"

小雅拉了拉我的衣袖，小声地提醒我。

"那我们也不能见死不救，任他们欺负别人吧。"

我拉开小雅的手，壮着胆子走过去，故作镇定地对他们喊道："是我又怎么样？你们干吗打人？"

"你不要多管闲事。"

"熊猫君"看我一眼，露出凶狠的目光。

奇怪！

这个世上的男生怎么都跟池太阳一样，总让我不要多管闲事？

我偏要管！

"我……我这不是多管闲事！你们欺负同学就是不对！你们快放开那个同学，不然……不然我就……"

我气势汹汹地走过去，却不知道后面该说什么了。

"你就怎么样？"

"熊猫君"身边一个高个子男生站了出来，他的额头上还有一道伤疤，身上并没有穿我们学校的制服，看来不是学生。

"老大，她是池太阳的人。"

"熊猫君"凑到他耳边提醒道。

那个被称为"老大"的人眼神一晃，假装不屑一顾地说道："池太阳又怎么样？我才不怕他！"

为了显示自己的威信，他朝我走过来，伸出手就要抓住我。

"咔嚓。"

我听见了一声异响。

"是吗？"

这时，一个高大的身影挡在了我前面。

池太阳淡淡地扫了那个"老大"一眼，将他放开："看来我在西区的影响力还不够啊。"

"你，你……"

那个"老大"痛苦地用另一只手托着手腕，对"熊猫君"还有另外两个男生喊道："你们站在那里干什么！还不帮忙？"

"可是，老大……"

另外两个人似乎对池太阳十分忌惮。

只有"熊猫君"不会看眼色，听了命令就要上前。

哎呀！

又要打架！

我牵着小雅的手，绕过几个人，想要把那个被欺负的男生拉到安全的观战位置。

以池太阳的能力，这几个人都是小角色啦！

可我刚要去拉那个男生，他看了看被池太阳踢倒在地的"熊猫君"，突然发疯似的朝池太阳冲过去："不准欺负弟弟！不准你欺负弟弟！"

池太阳以为他也是"熊猫君"一伙的，就要出手。

"不要啊！"

我跑过去，挡在他们中间。

池太阳的拳头在离我只有一厘米的位置停下来，他怒气冲冲地大声对我吼道："你是不是想死啊？"

"不，不是的。"

我惊魂未定地拍拍胸脯，拉过身后的男生说："他不是跟他们一伙的！"

"什么乱七八糟的！"

太阳收回拳头，皱起眉头来。

身后的男生愣愣地睁大了眼睛，见我挡在他身前，他转身朝躺在地上的"熊猫君"跑去："弟弟，弟弟你没事吧？你痛不痛？爸爸说过，要我保护你的，我不能让你受伤，你不可以受伤……"

"你烦不烦啊？"

"熊猫君"用力地推开他，男生一个不稳，摔倒在地。

我急忙冲过去，将男生扶起来。他身上的书包掉在了地上，我看到了封面上的名字——张唯一。

"你叫唯一啊？"

我帮他把书捡起来，放进书包里，对"熊猫君"喊道："喂，既然他是你哥哥，那你干吗欺负他？"

"关你什么事？"

"熊猫君"朝我翻了一个白眼，对那个"老大"说："老大，我们走吧，我保证我哥以后不会再跟着我们！"

那个"老大"吃了亏，也不敢再多事。

"池太阳，你等着！"

走之前，他没忘了对池太阳放狠话，但说完就飞快地溜走了。而"熊猫君"回头看了张唯一一眼，也跟着跑了。

"弟弟，弟弟……"

张唯一见"熊猫君"跑开，像跟屁虫似的追了过去。

最后，原地只留下我和池太阳，还有小雅三个人。

我和小雅面面相觑。我朝小雅使了个眼色，意思是我们不能坐以待毙，要赶紧溜，可小雅马上就出卖了我。

"哈哈，童话，那我先回家了！拜拜！"

小雅说完，一转身跑得比"熊猫君"他们还要快，一会儿就没影了。

该死的小雅！

不是说好了一起回她家的吗？

"等等我。"

我拔腿就要追过去。

"你要去哪儿啊？"

后衣领被池太阳狠狠地抓住，他拖着我往回走："竟然敢逃跑，今天多加三套模拟试卷……"

呜呜！

救命啊，池太阳，你是想整死我吗？

3

经过几个星期的地狱式训练，期中考试我奇迹般地考进了全年级前五十名，但可气的是某个几乎每天都在玩耍的家伙竟然毫不费力地就考了年级第二名。不过，年级第一还是独孤夜，上天还是公平的！

我美滋滋地看着公告栏上粘贴的名次排行表。

就在这时，学生会纪律部的几个人突然走过来，把一张黄色的处分公示贴在了名次表的右边，大家迅速围过来。

"考题泄露？"

"前几天就在流传有人偷了考卷拿去复印，没想到是真的！"

"我就说那个张家星成绩那么差，这次竟然能进全年级百名榜，分明就是他偷了考卷，被退学真是活该！"

"格林学院有这种败类真是可耻啊！"

……

大家看着处分公示，议论纷纷。

"不是弟弟，弟弟没有偷考卷，不是弟弟做的……"

一个人突然拨开人群，扑到公告栏前，只见他发疯般地扯掉那份黄色的处分公示，还用力地一点点把它撕得粉碎。

围观的同学们显然被吓坏了，没人敢上前。

"张唯一，你不要这样啦！"

我想走过去安抚他。

上次遇到张唯一后，我和小雅在学校打听了他的情况。原来他真的是张家星的哥哥。他患有一种高功能自闭症，患有这种病的人虽然智力不低，但他们不愿意与人进行交往，他们把自己封闭在自己的小世界里，平时表现得像个孩子一样，如同童话故事里的彼得潘……

"啪——"

我还没走近，就被他用力一推，摔倒在地。

"是三年级那个傻瓜！"

"他有精神病啊，我们还是离他远点吧……"

"学校也真是的，这种人怎么也招进来，万一伤了人怎么办？"

……

一群人对着张唯一指指点点，也没有人上前来扶我。

我的脚崴了，挣扎了半天，站都站不起来，直到一只手从侧面伸过来将我扶了起来。

"都不要闹了！"

独孤夜的出现让现场立刻安静下来。

"谢谢。"

我看了一眼他拉着我的手，感觉耳朵都滚烫滚烫的。

这是独孤夜第一次牵我的手！

他的手跟池太阳的手不一样，池太阳的手修长宽大，任何时候都是冷冰冰的，独孤夜的手湿润温暖，摸起来很舒服，让我感觉很安心……

呸呸呸！

我为什么要拿池太阳的手跟独孤夜的比较？

"童话，你没事吧？"

小雅从人群里挤进来。

这时，独孤夜注意到自己紧紧拉着我，马上惊慌地抽回手，然后僵硬地说道："不用谢。"

呜呜，你不喜欢我也不用表现得这么明显吧！

我郁闷地缩回手,对跑到面前的小雅说:"我没事啦,就是脚崴了。"

"脚崴了还说没事。池太阳正到处找你呢,刚才我们在远处看到你被人推倒,他就……"

小雅环视了四周一圈,露出疑惑的表情:"咦?池太阳怎么不见了?"

"哎呀,别管他啦!"

现在张唯一的事情比较重要。

可是,哪里还找得到张唯一?他已经趁我们聊天的时候,不知道跑到哪里去了,只留下一地的告示碎片。

"好了。"独孤夜对围观的同学们说道,"告示我会让纪律部再出一份,大家不要围在这里了。"

在格林学院,独孤夜的话就如同圣旨一般,不一会儿,围观的人群就散开了。

"会长!"我喊住要离开的独孤夜,"你们怎么就断定偷考卷的人是张家星呢?有什么实质性的证据吗?"

"张家星的确没有承认自己偷了考卷。"独孤夜停住脚步,转过身来看着我,"但是他把责任推到季辰身上,说是他偷了考卷,但季辰成绩本来就很好,每次都名列年级前三,他没有必要偷考卷……这是学生会集体表决的结果。"

"没有证据为什么就断定是他?"

我很不服气,激动得忘了自己崴了脚,朝独孤夜走了两步。要不是小雅扶着我,我肯定会摔在地上。

"你的脚……"

独孤夜伸出手,似乎也想过来扶我。

"我的脚没事!"我气鼓鼓的,义正词严地说,"任何事情都不能只看表面。如果警察抓不到犯人,随便抓一个有前科的小偷来顶罪,那根本就是胡乱抓人!"

"如果他主动认错,就不会被退学。"

独孤夜缩回手,把手背在身后。

"万一他没有做过呢……"

我还想说什么,突然被人从身后抱了起来,我听见小雅尖叫道:"哇,好帅!"

"池太阳，你干什么？放我下去！"

看到池太阳那张冷冰冰的脸后，我的第一反应就是大叫。

可池太阳哪里管我的喊叫，抱着挣扎的我，跟独孤夜对视了一眼后说："抱歉，我的人受伤了，我这就带她走。"

等我回过神来，已经被他抱着走了好远。

"喂，你说什么？谁是你的人，你放开我……"

三天后，张家星竟然主动退学了。

我对他的印象本来就不好，上次跟独孤夜据理力争也只是为了张唯一，现在张唯一的表现越来越让人担心了。

他老是跟着季辰，还好几次跑到他家里去，站在他家门口就是不走，甚至下雨天他也依然坚持着。

"唯一，你不要这样啦，保安说季辰出去了，现在还没回来呢……"

下着瓢泼大雨，我替张唯一撑着伞，但伞不够大，只能遮住我和他一半的身体，另一半早就淋湿了。

这时候，一辆车开过来，季辰回来了。

张唯一看见后，马上冲到了汽车前面。

我吓了一大跳，幸好车子开得很慢，急急停了下来。

"你是不是找死啊？"

季辰打开车门，走下车来。

司机见了，很快拿来伞给他挡雨。

我打量着季辰。他跟池太阳一样，是个从小养尊处优的少爷，父亲是本市有名企业的董事长，母亲是一所舞蹈学院的校长，他全身上下都流露出一股骄傲自负的气息……

"弟弟说，他没有偷试卷，是你偷的，是你偷的！"

张唯一冲过去，拉住季辰的胳膊。

"你这个傻瓜，到底还有完没完啊！"

季辰用力地掰开张唯一的手，狠狠地推了他一下，将他推倒在地，居高临下地说："本少爷还用得着偷试卷？"

"唯一！"

我冲过去，从地上将张唯一扶起来。

地上全都是水，张唯一的校服完全被水浸湿了，可他像是没有感觉似的，站起来又冲到季辰面前。

"是你，就是你！我看到你偷试卷了！"

张唯一的话让季辰一愣，我发现他的表情有点慌张。

"你这傻瓜不要乱说话，没人会相信你的。"

他慌张地瞟了我一眼，又躲开我的目光，迅速钻进车子，对司机吼道："快点过来开车！叫保安把门关上，我不想看到这个傻瓜！"

司机连忙点头哈腰地上了车，把车开进大门。

张唯一想要跟着车冲进去，却被几个保安拦了下来，很快，大门就在我和张唯一的面前紧紧地关上了。

我哄了好久，才把他哄回家。

当我顶着湿漉漉的头发往回走的时候，池太阳出现在我面前。

雨已经停了。

他就那样倚在车门边，打量着浑身湿透的我："你胆子还真是越来越大了啊，我说过手机响了，三秒之内必须接！"

我拿出手机看了看，有好多未接电话。

"呵呵，雨下得太大，我没听见啦。"

我朝他讪笑道。

"过来。"

他朝我勾了勾手指。

"你想干什么？"

我警惕地看着他，本能地往后退了几步："喂，你不帮唯一的忙就算了，现在你还想打我，你这个没人性的家伙……"

"唰——"

我被池太阳干脆地拖了过去。

我的肩膀被池太阳的手固定住，不知道他从哪里掏出一条干毛巾，用力地帮我擦干头发。

他的力气很大，但动作很轻柔。

我不知道如何形容那种感觉，认识池太阳这么久以来，我只知道他脾气很坏，这么温柔的时候，还真是少之又少。

"池太阳，你能不能帮帮唯一啊？"

我朝他投去请求的目光。

"不能。"

池太阳很果断地拒绝了我。

"为什么不能啊？"

我不甘心地问，又把自己的怀疑说出来："一开始我也觉得张家星有嫌疑，但是唯一那么坚持，他还说亲眼看到过季辰偷试卷，我觉得他不会说谎……"

"一个傻瓜的话，你也信？"

池太阳轻哼一声说道。

"唯一才不是傻瓜！"

我气呼呼地拍开池太阳的手，却被他抓住塞进车里，他说："脏兮兮的，看着就烦，快点回家洗一洗。"

"池太阳，你到底有没有听我说话？"

我觉得自己被他无视了，更加生气地说道："唯一才不是傻瓜，他只是活在自己的世界里而已，他比季辰和你，比我们任何一个人都更纯真，他是永远都不会说谎的！"

"那又关我什么事？"池太阳冷冷地瞥了我一眼，不带任何感情色彩地说，"我说过，你只要乖乖地待在我身边就好，不要再多管闲事。"

"太阳，你就帮帮忙吧。"我压下即将熊熊燃烧的怒火，朝他凑过去请求道，"反正你就去看一看张家星或者季辰的眼睛，在他们的未来里说不定能找到什么蛛丝马迹呀……"

"不行。"

依然是冰冷的拒绝。

不用想一定又是他那套什么改变未来会遭遇不幸的理论在作祟！

我忽然想到，前两次从浅浅和张家星眼睛里看到的画面，好像每次都发生在我跟池太阳亲吻之后，那些画面像是已经发生过的事情。

第一次是池太阳的纽扣挂住我的头发，我恰巧亲到他的脸颊，然后我的脑袋一痛，眼前闪过一个奇怪的画面——

一个女生躲在楼梯上面偷偷地往下看，而楼梯下面，一个陌生女生摔倒在地，她的身边有一架侧翻的轮椅，她正艰难地从地上爬起来，而站在楼梯上面的女生红了眼眶，转身拼命地跑开，躲在一个阴暗的角落里，哭得十分伤心……

为什么我会看到这些奇怪的画面？

画面里的陌生女生又是谁？

……

第二次是在医务室里，我的嘴唇触碰到他的脸颊，然后……

"我们什么都没做，我没有亲到他……"

我赶紧从池太阳身上爬起来，拼命摇头解释，这才发现不只荆校医，门口还站着几个手臂缠着纱布、脸上挂着大大小小伤痕、鼻青脸肿的男生，其中一个伤得特别严重，两只眼睛都是瘀青的，半边脸跟我一样肿了起来，像极了大熊猫……

我刚好跟他对视了一眼。

跟上次在教室外看见浅浅一样，眼前突然又出现了很多奇怪的画面。画面里的正是门口站着的几个男生，他们扭打在一起，还有……刚才在草坪见到的那个敷草的男生老是跟着他们，好几次都被他们欺负。

……

现在想起来，那些都是过去发生的事。

第一次看到的是笑颜受伤后，浅浅看到她摔下楼梯，所以躲起来伤心地哭泣，那应该是我见到浅浅之前的事；而第二次我看到的应该是去医务室之前，张家星跟别人打架的场景……

如果真的是这样，我为什么可以看到过去发生的事情呢？

我思来想去，突然灵光一闪。

有没有可能，因为池太阳有看见未来的能力，我们俩亲吻的时候，他身上的能力转移到我身上并且发生了变化，让我具有了看见过去的能力……

啊！

如果这样，那我不用池太阳帮忙也可以帮助张唯一了！

"那个……有一件事，我没有跟你讲过……"

我戳了戳池太阳，小心翼翼地把自己的想法说给他听，并且想让他跟我一起去见季辰。

"到时，我只要亲你一下，就可以看见他的过去，就知道他到底有没有偷过试卷，这样你就不用使用你的能力啦！"

太阳听了后，皱着眉头深深地打量我。

"不可能！"

"怎么不可能，我真的能看到过去！"

"我的意思是说……"太阳用嫌弃的目光看了我一眼，说，"就算是真的，你以为本少爷可以让你随便亲来亲去吗？"

"你……"

气死我了。

"总之，你给我老实待着，什么都不要做。"

池太阳一脸冷漠地下命令。

我气呼呼地指着他，大声说道："我以为上次帮过浅浅以后，你的想法会有所改变，没想到你一点都没变！你不帮就不帮，我自己想办法就是了！"

4

月黑风高。

"呼呼——"

我大汗淋漓，气喘吁吁。

穿着黑色运动衣在季辰家围墙外面爬了半天，我总算爬了上去，可是……我望了望下面，哎呀，好高！

豁出去了！

我闭上眼睛，准备跳下去。

咦？怎么感觉自己被人抱住了？

我睁开眼睛，看到了池太阳那深邃的眼眸。

"你怎么在这里？"

"喀喀，我来季家拜访。"

池太阳理所当然地说，将我放了下来。

"池少爷，你确定这个女孩是跟你一起来的？"

一个疑惑的声音传来。

我这才注意到他身后还跟着好几个保安，他们都用奇怪的目光看着我，似乎都对我特别的出场方式表示怀疑。

"是的，这位小姐是我的女朋友，她喜欢不走寻常路。"

池太阳瞎掰的能力也不一般。

"谁是你的女……"

我刚要反驳，但马上在他警告的眼神里把话咽了下去，转而说道："是啊是啊，我最近在练习跨栏，哈哈……"

这时，季家的管家也过来了。

他告诉我们，季辰可能在卧室，并要带我们过去。

"不，不用了，我们自己去找他吧。"我马上接过管家的话，朝他眨了眨眼睛，"我们想给他一个惊喜。"

"那……好吧。"

管家心领神会地点了点头。

"惊喜？"

等管家走后，池太阳嗤笑道。

"当然是惊喜啦，等我们找到他偷试卷的证据，保证吓他一大跳。"

我握了握拳头，突然又想到什么，问池太阳："你到底为什么会来？你不是态度坚定地说不帮我吗？"

"我……"池太阳犹豫了一下，还是说道，"还不都是因为你，要不是你这几天老是不在我身边，我也不会不小心跟季辰对视，看到他……"

"看到什么？"

我激动地抓住他的手。

"看到他被困在一个着火的房间里。"

"啊？真的吗？"

我惊讶地看着他，拖着他就往前走："那我们快去找他！"

然后，我想到了一个问题，转过身看着一脸僵硬的池太阳问："那你是因为担心我，所以才来找我的吗？"

他的脸上升起可疑的红晕，沉默着不说话。

就在这时，我们接近了走廊尽头季辰的房间，而那个房间里似乎有火光闪动。

"真的着火啦！"

我大声喊道，朝房间冲过去。

当我和池太阳跑到房间外面时，发现里面的火势挺大，池太阳拦住要冲进去的我："你去叫管家他们，我进去！"

"可是……"

我担心地看着他。

"快去！"

他大吼一声，朝房间里冲去。

这时，大宅里面的火灾预警系统也响了起来。

我跑到半路就遇到了管家和保安们，等我们赶到房间外，池太阳已经把季辰救了出来，同时被救出来的还有一个人。

"唯一！"

我看见张唯一的衣服被烧坏了，他一动不动地躺在地上，我顿时急了。

很快，管家就叫来了家庭医生。经过检查，张唯一和季辰只是吸了烟尘导致昏迷，他们不一会儿就醒了过来。

管家认出张唯一就是这几天一直守在季家门口的人，竟然二话不说就报了案，警察很快上门带走了张唯一。

但张唯一一直抓着季辰不放，季辰也只好跟了去。

很快，张家星和他妈妈也赶到了警察局。

张家星的妈妈看到一脸黑乎乎的张唯一，着急地跑了过去："唯一，你去哪里了？妈妈到处都找不到你！"

"妈妈？"

张唯一抬起头来看了她一眼。

张妈妈这时忽然激动起来，她转身就给了张家星一巴掌。

"啪——"

声音十分响亮。

张妈妈对着张家星劈头盖脸地骂道："我不是说了让你每天一定要接唯一回家吗？现在闹出这样的事，你哥哥还被抓到警察局来了，你说该怎么办？"

"唯一，唯一！"张家星捂着脸，愤怒地咆哮起来，"从小到大，你和爸爸的眼里就只有张唯一，就因为他是个傻瓜，你们就处处关心他、照顾他，全家人的重心都在他身上。爸爸工作负荷太大生病去世也都是为了他，就连生下我，也只是为了让这个傻瓜以后有保障……你们关心过我吗？你们想过我的感受吗？我也是你们的儿子，我也希望你们能够好好地看我一眼，关心我一下……

"可就连我被退学，你都没有关心一下，你甚至都不知道我为什么被退学，你只会让我接唯一回家，你只关心他有没有吃饱穿暖，有没有走丢！"

说到最后，张家星的眼中已经满是泪水。

在场的所有人都鸦雀无声。

"不是的，不是的……"

张妈妈不停地摇头，止不住地流着泪，想要上前拉住张家星，却被他甩开了手，她只能不知所措地站在那里。

"唯一他更需要照顾，我们就……对不起，妈妈没有注意到你的感受，对不起……"

"弟弟，不哭，不哭……"

这时，张唯一抬起被熏黑的脸，站了起来，他走到张家星身边，递给他一张被烧掉一半的试卷，喃喃地说道："弟弟没有作弊，我要保护弟弟，爸爸说过的，我是哥哥，所以要好好地保护弟弟……"

"你这个傻瓜，我受够你了，你给我滚开！"

张家星用力地推开张唯一，害得他跌坐在地上，而张唯一只是不解地看着张家星。

我走过去，从张唯一手里拿过试卷看了看："这是……"

"是考务处被人偷走的样卷。"

池太阳冷冷地看了一眼。

"原来唯一是为了这张试卷才一直跟着季辰。"

我将张唯一扶起来，把被烧掉一半的试卷塞回他手里，指责张家星道："你知不知道，唯一这几天为了帮你洗脱嫌疑，才会一直跟着季辰，才会跑进他家，他差点被烧死，都是为了你啊！"

"谁……谁要他做这些了？"

张家星虽然嘴上这么说，但我看到他拿着试卷的手在发抖，眼睛里蓄满了泪水。

"到底怎么回事？"

询问的警察严肃地看着我们一群人。

我把整件事情说了一遍，又把那半张试卷丢到季辰面前："这下人赃并获，你没有什么话说了吧？"

"光凭这半张试卷就说是我偷的？不能是这个傻瓜带来的吗？"

季辰死鸭子嘴硬，依然不认账。

"你……"

我没想到到了这个时候，他还倒打一耙。

看着满脸乌黑的张唯一，我满腔的怒气实在忍不下去，忍不住做了一个决定。我走到池太阳身边，踮脚在他的脸颊上亲了一口。

池太阳被吓了一大跳，明白过来后，顿时暴跳如雷。

"该死的，你想干什么？"

可我没搭理他，抓紧时间走过去，跟心虚的季辰四目相对。

透过他的眼睛，我看到了火灾发生前的画面——

季辰走来走去，烦恼不已，然后他从桌子里拿出了那几张样卷，找出打火机打算烧了它们。就在他把试卷一张张烧掉，只剩下最后一张时，张唯一从门口走了进来，发疯似的去抢铁桶里烧着的试卷……季辰去阻止，两个人扭打在一起，铁桶倒在地上，里面还在燃烧的试卷引燃了窗帘，火势一发不可收拾……

"你不是要证据吗？"

我从容地走过去，从季辰的口袋里掏出剩下的那张他还没来得及烧的完整样卷："这就是证据！"

"你怎么……"

季辰不敢相信地看着我。

然后，他垂下头去，也不再隐瞒，承认是自己偷了试卷，当时还被张家星和张唯一看到了，于是他威胁张家星和他一起作弊，但张家星并不愿意，因为他为了能取得好成绩，获得妈妈的关注，已经下定决心，在偷偷努力学习了。

事情暴露后，他又拿钱诱惑张家星。那时候张家星的妈妈刚刚被公司辞退，每天只能做些小时工来维持家用，日子过得很艰难。无奈之下，张家星答应了季辰，主动退了学。没想到张唯一却坚持跟着季辰，要帮弟弟洗清罪名……

"对不起，妈妈对不起你……"张妈妈听后，早已满脸泪水，她愧疚地抱住了张家星，"是妈妈不好，忽略了你的感受，是妈妈的错……"

张家星趴在妈妈的怀里，也默默地流着泪。

我想此刻他们应该都已经谅解了对方。

家人就是这样，就算是有再多的误解，再多的对不起，都比不过那份深藏在心中的对家人的爱，正是有了这份爱，家人才能称之为家人，他们永远都是生命中最重要的存在……

"我们走吧。"

我拉了拉池太阳，默默地走出了警察局。

在回去的路上，他一直沉默着，看着窗外，不知道在想些什么。

难道……

他是因为刚才我亲了他利用他在生气？

"谢谢你啊。"

我凑过去，小声地说。

他猛地回过头来，用复杂的目光打量着我，突然说道："我警告你，以后不要再接近我，还有不要再……"

"再什么？"

我好奇地看着他脸颊上隐隐的红晕。

"不准再亲我。"

他怒气冲冲地脱口而出，眼神像是要杀了我似的。

"本少爷的身体可不是你随便可以碰触的，知不知道？"

"知道了，少爷。"

我对着他甜甜地假笑，又不甘心地嘟哝道："那你自己还不是动不动就抓我的手，双重标准真可恶！"

"你说什么？"

"呵呵，我没说什么啦，我是说少爷你刚才在警察局被感动得稀里哗啦的，我看到你的眼眶红红的哦！"

"你眼花了吗？我才没有！"

"不要害羞嘛！"

"你给我坐好，不要老往我这边凑。"

"呵呵……"

"不准笑，笑得那么难看！"

……

第四章

CHAPTER 04

睡 美 人 与 王 子

1

连着几天的阴雨绵绵后，总算迎来了暖暖的阳光。

风温和地拂过，郁郁葱葱的大树上时不时还会掉下几颗水珠，砸在可怜巴巴地蹲在路边的我的脸上。

小雅该不会又睡着了，忘了我还在等她吧？

"你抢到票了吗？"

"没有，RED今年红起来就一发不可收拾，演唱会的票哪那么容易抢，不过我表姐说她有朋友可以弄到黄牛票……"

"真的吗？可以帮我也弄一张吗？我就想看到我家闵焱，听说他真人比电视上更帅！"

"他的粉丝太多了，我还是更喜欢低调的张恺……"

……

走过去的两个女生大声谈论着。

她们口中说的话题，可是这两天格林学院的大热门，不管走到哪里都能听到女生们在谈论关于RED要在本市最大的体育馆开演唱会的消息。

我继续数蚂蚁。

算了！

门票那么贵，我省吃俭用几个月都不一定买得起，再说了我要是说我想去演唱会，池太阳会批准才怪！

"童话——"

小雅兴奋地朝我冲过来。

总算来了！

我揉了揉蹲得快麻了的膝盖，站了起来，只见她挥了挥手中的三张票说："有个朋友说他有事不能去演唱会，就把票转送给我了。"

"RED的？"

我惊喜地问。

"是啊。"

"竟然还是VIP票，为什么有三张这么多啊？"

虽然我也很兴奋，但还是有理智的。

别说现在票那么难买，这人不但买到了VIP前排的票，还是三张，自己不去了竟随便转送给了小雅，我没听说过小雅有如此豪气的朋友……

"我运气太好了，是不是？"小雅像只快乐的小麻雀，完全不觉得有问题，"是一个在网上认识的朋友啦，虽然认识不久，但不知道为什么，我觉得我们俩好像认识很久了似的，我们的爱好全都一模一样。昨天他突然告诉我他有一张RED演唱会的票可以转送给我，我当时还很犹豫，觉得一个人去看演唱会很无聊，结果今天他就说他其他两个朋友也不去了，把票都转送给我，这样我就可以跟朋友一起去了……"

看到小雅高兴的样子，我倒是多了几分担心。

为什么听起来这个网上认识的陌生朋友好像在故意接近小雅，而且这个人似乎很想要小雅去听这次的演唱会？

难道……

他喜欢小雅，还打算在演唱会上告白？

这种老土的招式，不用想就知道到时候他肯定就坐在小雅旁边的位子上。哈哈哈，可惜我已经洞悉了一切！

"他亲自给你送票过来的？你见过他了？"

我体内的八卦细胞蠢蠢欲动。

"没有啊，他是用快递寄给我的，所以我刚刚去收发室取，这才让你等那么久。"

这人搞得这么神秘，肯定是蓄谋已久！

"不过……"说着，小雅的脸红得像个苹果，她憧憬地捧着脸说，"我听过他的声音，他的声音好好听，比你们家池太阳的声音还要好听哦！"

花痴小雅！

"什么我们家池太阳，我跟他一点关系都没有，不对，我只是他的家庭教师啦，也不想想我是为了谁才掉进他的陷阱的！"

我翻了个白眼。

"对了，票多出一张，你要不要叫上池太阳一起去啊？"

"干吗要叫他……"

我还没说完，小雅就把另外两张票塞到我手里，像是早就考虑好了似的，朝我眨了眨眼睛说道："上次张唯一的事情，你不是说要感谢他帮忙吗？"

对哦！

小雅不说我都差点忘记了，这几天我一直在想该怎么感谢池太阳，不只是唯一，上次他还帮了浅浅，我都没有好好跟他道谢。

但是，我看了看手中的票，池太阳那家伙会喜欢看演唱会吗？

他那个人又冷漠又沉闷，因为能透过别人的眼睛看到别人的未来，所以一向讨厌人多的地方，演唱会那种地方又吵又闹的，他应该不会喜欢吧？

就这样犹豫着，票在我身上放了好几天，我都没有跟池太阳说，直到演唱会的前一天晚上。

池太阳家的书房。

我跟往常一样，一个人趴在茶几上写作业，池太阳则坐在书桌旁看我根本读不懂的德文书籍。

"那个……"

我从成堆的作业里抬起头来。

"嗯？"

池太阳连头都没抬，带着疑问哼了一声。

"你一定不喜欢音乐声很大又很吵闹的地方吧？"

我试探地问。

"是不怎么喜欢。"

听了我的问题，他倒是饶有兴致地抬起头看向我，把书放在书桌上，眯起眼睛看着我："说吧，有什么事？"

"没……没什么啦。"

我掏了掏口袋里的票，又放了回去。

"哦？"池太阳犀利的目光朝我射过来，挑了挑眉，"可是你那个好朋友小雅今天跟我说，你很期待明天跟我一起去看演唱会……"

"啊……"

陈小雅，你这个出卖朋友的臭丫头！

"那你要去吗？"

我低着头，用蚊子叫一样小的声音问。

见他半天没有回答，我又说："如果你不想去没关系啦，上次会长也帮了忙，我正好可以谢谢他……"

我的话才说到一半就被他冷冷地打断："我说过我不去吗？"

"嗯？"

我抬起头，发现池太阳黑着脸，表情隐隐透着怒气。

他怎么突然生气了？

"你的意思是……要跟我去看演唱会吗？"

我惊喜地看着他。

池太阳板着脸，手指有一下没一下地敲着书桌："虽然那种闹哄哄的地方没什么好去的，但看你这么希望我去，我就勉为其难地答应吧。"

"真的吗？"

我笑嘻嘻地凑过去。

"离我远点。"

他条件反射般地后退，脸上闪过可疑的红晕："我警告你，以后不要随便靠近我，听到没有？"

"哦。"

我郁闷地嘟起嘴来。

这家伙最近不知道吃错了什么药，每次我一靠近，他就像炸毛似的对着我发脾气。哼，就准他有事没事便抓我的手，我离他近一点又怎么了？

简直是双重标准！

当然我也只敢在心里抱怨，要是说出来他还不得吃了我！

不过一想到可以跟池太阳一起去看演唱会，我还是很开心的，毕竟……他要是不去，肯定也不会让我去！

第二天晚上。

演唱会在市里最大的体育馆举行，由于我们拿的是VIP票，所以提前进了会场。池太阳倒是对这点非常满意，不过我看得出来他真的非常讨厌这样的场合，戴着墨镜坐在那里一直没有说话。

算了！

我和小雅现在兴奋不已，也懒得管他。

等了没多久，演唱会开始了，开场的气氛异常火爆，粉丝们的尖叫声和呼喊声都快把体育馆的顶棚掀翻。

只有池太阳一个人坐在那里一动不动。

但即使他这样，还能招惹到外貌协会的少女们，前排的几个小女生一个劲地对着后面指指点点。

"哇，好帅。"

"你们看他像不像第五学院的池太阳？我觉得他是除了当年的会长第五天以外，我见过的最帅的人了……"

"比闵焱还要酷呢！你说他是跟女朋友一起来的吗？"

"不会吧？那个不是他女朋友吧？坐在他旁边的那个女的长得也太一般了，哪里配得上他啊，你去问问……"

……

前面一排的女生还真有胆量，转过身来似乎要问池太阳。

"请问……"

果然，演唱会这种场合就是能让人热血沸腾，这要放在别的时候，哪有女生敢明目张胆地来跟池太阳说话啊，还没接近就被冻死了！

那女生还没问出口，我就觉得手一紧。

池太阳抓住了我的手，还顺势把我一拉，把嘴巴凑到了我的耳边："不要让前面的那个花痴来烦我。"

"呃……"

我就这样被利用了。

前面的女生看到池太阳和我暧昧的动作，撇撇嘴，回过头去。几个女生也终于回过神来，把注意力投向舞台。

池太阳拉远了跟我的距离，但手依然抓着我的手。

我甩了两下没甩开。

身边的小雅挤眉弄眼地推了推我。

气死我了！

就在这时，舞台上传来一个好听的声音："VIP贵宾席第四排32号，请这位朋友上台来好吗？"

然后一道灯光打了过来，照在了我的身上，舞台的大屏幕上出现了带着迷惑表情的我。

小雅用力地拍了拍我的手："天啊，童话，你被抽中了！"

我好像明白了过来。

演唱会都会有与粉丝互动的环节，但我没想到会抽中我。

不管怎么样，在欢呼声中，我不得不上台去。

我站起来的时候，看了一眼池太阳，可能打在我身上的那道光太亮，我没怎么看清楚他的表情，不过他拽着我手的力道大了几分。

"喂，你放开我啦，我要上台去了……"

见我半天没上去，台上的闵焱开起玩笑来："坐在身边的那位男生是男朋友吧？不好意思，我只是借用你女朋友几分钟，不会把她抢走的哦……"

现场响起一阵哄笑声。

又是这样的误会！

跟池太阳在一起总会遇到这样的事情，真是够了！

我的脸滚烫滚烫的，低着头不敢去看池太阳的脸，用力地甩开了他的手，迅速往台上走去。

舞台上的灯光很刺眼。

闵焱跟平时在视频里看到的差不多，一张时下最受欢迎的脸，嘴角时常带着坏坏的笑意，不过我不是很喜欢他看我的眼神，跟池太阳比起来，他的眼神让人不安，带着赤裸裸的打量。

"这位可爱的女生，我可以知道你的名字吗？"

闵焱把话筒递到我的手中。

"我，我叫童话……"

第一次站在这种灯光闪耀的舞台上，台下还坐着上万观众，我的声音不由得有点颤抖，心里也很紧张。

"不用紧张。"

闵焱这么说着，突然一把抱住了我。

"啊——"

台下响起了一浪高过一浪的尖叫声。

我被这突如其来的拥抱吓傻了，完全没反应过来。

很快，闵焱放开了我，朝我眨了眨眼睛，拿过话筒对台下说："我看她太紧张了，就想给她一个拥抱，好让她放松下来，台下那位男朋友不要吃醋哦……"

灯光又打向池太阳的位置。

可是那里没有人！

"呵呵，男朋友是不是生气跑出去了？"

闵焱尴尬地笑起来，为了转移大家的注意力，他又问我："这次演唱会，除了男朋友，还有没有其他朋友一起来？"

"呃，还有我最好的朋友，她叫陈小雅，其实票也是她给我们的，她非常喜欢RED，从你们出道起就关注你们了……"

我拿着话筒，小声地说。

说到小雅的时候，我明显感觉到身边的闵焱握着话筒的手在用力，青筋都暴了出来。

"那真的很遗憾没有抽中你这位朋友，可以请你把这个拥抱转送给她吗？"

闵焱又紧紧地抱了我一下。

也许台下的人看不清楚，但站在闵焱身边的我看清了此时他脸上的表情，他看着台下的某处，眼睛里闪过一丝奇异的光芒。

他在看谁？

我顺着他的目光看过去，可就在这时——

"啪"的一声，全场的灯光全都暗了下来。

我只听见有人走近，随后他一把将我抱了起来，然后又是"啪"的一声，我听到耳边有东西掉落的声音。

"啊！"

我轻喊了一声。

在微弱的光芒下，我只感觉抱着我的那个人异常高大，我也不知道自己为什么没有挣扎，任由他抱着……

2

"唰——"

没过多久，灯光又亮起来。

我听见了全场观众抽气的声音。

此时，我已经被抱着回到了原来的座位上，而抱着我的那个人竟然是池太阳。虽然刚才感觉是他，但真的看到他，我还是有些惊讶。

"你干什么啊？"

我的耳朵都热了起来。

池太阳一言不发地将我放下，坐回了自己的座位上。

"童话……"

小雅扯了扯我的袖子，指着台上。

我往舞台上看过去，只见我原来站着的地方，一盏灯摔得四分五裂，而闵焱一脸煞白地站在那里。

天啊！

要不是池太阳及时将我抱开，我肯定会被砸得头破血流！

我心有余悸地张大了嘴。

这时，演唱会的工作人员出来解围，他对着话筒说道："各位不要慌张，只是电路出了故障，我们保证不会再出现类似问题，演唱会照常进行……"

观众席上的灯被打开，而舞台上的灯又熄灭了一会儿，一顿慌乱的收拾之后，演唱会继续进行。

乐队的几个成员先是郑重地道了歉，闵焱还特地在台上向我鞠躬致歉，然后表示演唱会将延长半个小时，以示对这次事故的歉意。

大家又恢复了原来的状态。

演唱会继续，台下观众的热情也渐渐燃烧起来。

除了我。

他们好像根本没有注意到是池太阳上台救了我，还以为是我自己在停电时跑开了，才躲过一劫。

"谢谢你。"

我的身体都在颤抖。

池太阳没有说话，只是撇了撇嘴。

"可是，你怎么知道那盏灯会掉下来，你不是戴着墨镜在耍帅吗？"

我满脑子疑惑。

太阳一定使用了能看见未来的能力才预知灯会掉下来，但他刚才明明戴着墨镜，一点都不在意演唱会的样子，也不可能去看谁的眼睛来预知未来发生的事情……

"你以为我愿意吗？要不是那个闵焱从你上去后就不断地提到我，让我觉得很烦，我也不会看他不顺眼……"

被我一问，太阳倒像是恼羞成怒了。

咦？

所以，他是从闵焱的眼睛里看到未来，才知道那盏灯会掉下来砸在我站的位置？

不知道为什么，我的脸又不由自主地热起来："那也都是因为你，老是抓着我的手，人家才会误会……"

"闭嘴！"

太阳黑着脸瞥了我一眼。

"哦。"

我随口应着，忽然觉得背后有一道炙热的目光射来。

我回头看过去，顿时吓了一跳。

天啊！

我就说老觉得不太对劲！

在我们后面两排，那个一直盯着我们这边看的人，分明就是独孤夜，我还处在惊吓之中，就那样和他对视着……

独孤夜为什么会来看演唱会？

如果说让池太阳来看演唱会非常勉强的话，那独孤夜，我觉得他是那种一辈子都不可能踏进演唱会现场的人……

除非——

他就是那个赠票给小雅的神秘人？

我不由得又想起好几次我和小雅在一起的时候，总能碰到独孤夜，我总觉得他像是在跟踪我们两个人似的，跟小雅说了好几回，她还说是我想多了……这样看来，独孤夜说不定真的喜欢小雅！

嘿嘿，机智的我又发现了一个大秘密！

就在我发呆的时候，我的手被人用力地捏了一下。

"你干什么？"

我吃痛地回过头来。

在昏暗的灯光下，我看到了池太阳的眼神，这是我第一次看到他这样复杂的眼神，平时他看我的眼神都是冷冰冰的、不屑一顾的、嫌弃的……

我被他看得有点尴尬，吐了吐舌头。

"被你发现了。"

我小心翼翼地看了看左边的小雅，她一直盯着台上的闪焱，神情怪怪的，也没注意到我的不寻常。

我趁机往池太阳身边靠了靠。

池太阳警惕地往后退了退。

"喂，别往后躲啦，我是要告诉你，我觉得独孤夜可能喜欢小雅……"

我神秘兮兮地跟他述说自己发现的大秘密。

"哦？你为什么这么想？"

听到我这么说，池太阳的眼神一变，神情都不一样了。

咦？

今天他吃错什么药了，怎么有兴趣听我聊八卦？

"上次他亲自送小雅来找我，我就开始怀疑了，因为每次我只要跟小雅在一起，就会看到他在附近哦。还有，他对着我的时候一脸严肃不自然，对着小雅的时候就很自然……然后，最近小雅说她在网上认识了一个神秘的朋友，这次的票就是他送给她的。而这么巧独孤夜就坐在我们后面，我刚才回过头看见他一直盯着我们这边看哦，你说他可不可疑……"

我把自己的推理说了一遍，还拉住他说："你别往后看！你想想，独孤夜竟然会来看演唱会，是不是不可思议？他一定是为了小雅来的！天啊！好浪漫……"

想一想就觉得好感动！

我捧着脸，用手肘碰了碰池太阳："你说他待会儿会不会跟小雅告白？"

可池太阳听后一点也不感动，只是僵硬地抽了抽嘴角，摇了摇头说："也是，你这么迟钝又弱智，会发现才真的奇怪了。"

"什么呀，你才是弱智呢！"

不为我精彩绝伦的推理拍手叫好就算了，还说些莫名其妙的话。

算了！

迟太阳这个家伙能说出什么好话！

我懒得理他，想象着接下来的浪漫情节。

"你不是也喜欢他吗？"

这时，身边的池太阳突然问道。

"对哦，我差点都忘记了！"

我如梦初醒，想了想又说："没关系啦，我就是暗地里喜欢他，如果他喜欢的人是小雅，那我也很高兴啊……"

"我开始有点同情独孤夜了。"

池太阳抚额道。

演唱会渐渐接近尾声，只是小雅的情绪怪怪的，她一直沉默不语，时不时还抱着头说好痛。我有点担心，就跟池太阳带着她先离席走了。

"小雅，你好点了吗？"

我伸手摸了摸小雅的额头，并没有发烧，就暂时安下心来，说："我和池太阳先送你回去吧？"

"不用啦。"

小雅摇了摇头，想了想突然说："我还不想回去，童话，你能不能陪我走一走？"

"那……"

我下意识地看向池太阳。

池太阳皱了皱眉，看了看腕上的手表，又看了看露出请求目光的我，倒也没有反对，说："我叫司机到中央广场等我们。"

从这里到中央广场，刚好有一条笔直的林荫大道，演唱会还没有结束，人并不是很多，于是我和小雅就这样在路上慢慢地走着。

她不说话，我也不说。

我不知道小雅心里在想些什么，只觉得沉默的小雅看起来很伤感，这跟我平常认识的她完全不一样，看上去像是两个人。

难道她也看到了坐在后面的独孤夜？

难道……

哎呀！

都怪我，以前经常跟小雅说自己喜欢独孤夜，现在小雅又知道了独孤夜喜欢她，她心里肯定纠结不已，才会心事重重吧？

"小雅……"

我犹豫着要不要开口问。

看了一眼走在前面，丝毫没有注意我和小雅的池太阳，我小声说道："其实，你不用担心，我对独孤夜的喜欢不是你想的那一种啦，我对他只是有好感……我的意思是说，如果他喜欢的人是你……"

"童话，你在说什么呀？"

小雅打断了我的话，瞪大了眼睛，疑惑不解地看着我。

嗯？难道我猜错了？

就在这时，一辆酷炫的保时捷停在了我们旁边，从车上下来的男生戴着墨镜，但也遮不住他帅气的面庞和嘴角带着的邪气的笑意。

"闵焱？"

我一下子就认出他来。

演唱会还没结束，他怎么能就这样跑出来？

我回头望了望身后的体育馆，里面依旧充满音乐声和此起彼伏的尖叫声。

"童话，看来你是真的很喜欢我呀，一眼就能认出我来。"

他走到我们面前，摘下墨镜。

不知道是不是我的错觉，我觉得他的接近让小雅变得紧张起来，她抓着我的手很用力，让我感觉有点痛。

闵焱似乎也注意到了小雅。

"你就是童话说的那位好朋友吧？"

他的表情显得有些奇怪，看着小雅的眼睛透着一丝疏离，又带着一丝恨意："你好，我是闵焱，好久不见。"

好久不见？

这句诡异的问候让小雅颤抖了一下。

"你认识小雅吗？"

我握紧了小雅的手，把她拉到身后。

"不认识。"

闵焱沉默了一下，对着我弯起嘴角邪笑道："只要是童话的朋友，自然就是我的朋友，我当然要对她亲近一点……你说呢？"

他说着，朝我又走近了一步，手朝我的下巴伸过来。

"我不管你是谁，别动她！"

一只手伸过来阻止了他轻佻的行为。

池太阳不知道什么时候走了过来，他顺手抓住了我的右手拉开我，高大的身影挡在我和小雅前面，跟闵焱对视着："我最讨厌别人对我的东西动手动脚！"

喂喂喂！少爷，你出来耍帅我没意见，但谁是你的东西啊？我好好的一个人，怎么就成了东西了？你才是东西呢！

"你的东西？"

闵焱缩回悬在半空的手，插回裤兜里，抿嘴一笑："早就听说过池太阳是个高傲霸道、不可一世的家伙，今日一见果然跟传说中的一模一样，不过……"

池太阳皱了皱眉头。

闵焱停顿了一会儿，故作高深地继续说道："女生可不吃你这一套哦，小心抓得越紧失去得越快……"

"还用不着你来教训我。"

池太阳冷冷的一句话带着绝对的强势。

两个人就这样面对面站着，都用挑衅的目光盯着对方，好像要把对方的气势压下去。

周围的空气似乎都凝固了。

我不解地看着莫名其妙对峙的两人，直到身边响起小雅的呼噜声。

糟糕！

小雅的嗜睡症为什么在这个时候发作啊？

我刚要伸手去扶往旁边倒下去的小雅，一个人却先我一步抱住了她，那个人竟然是……

闵焱？

他抱住小雅的时候，眼睛里闪过一丝担心，激动地喊道："小雅，小雅，你怎么了？你没事吧？"

我和池太阳都莫名其妙地看着激动的闵焱。

这个人真的不认识小雅吗？

他毫不掩饰的表情分明在告诉我，他跟小雅的关系一点都不简单。

我有一种不好的预感……

"她只是睡着了！"

我无奈地说道。

闵焱略显尴尬地把小雅交给我，然后用笑容掩饰之前的担心："演唱会的结尾我还有一首歌要唱，我先走了，童话，我们下次见哦！"

说着，他伸手摸了摸我的脑袋。

"讨厌！"

我不耐烦地拍开他的手。

跟之前不一样，我现在对闵焱充满戒备。

而这一次，池太阳只是瞥了他一眼，并没有站出来阻止。看着闵焱走远后，他才淡淡地说道："我叫司机把车开过来。"

3

我这几天老是心神不宁，眼皮也跳个不停。

那个闵焱也不知道从哪里打听到了小雅的联系方式，跟她的关系突飞猛进。而小雅也像中毒一样，说闵焱知道她喜欢什么讨厌什么，两个人有相同的爱好，总有说不完的话题，两个人似乎上辈子就认识一般……

可是我总觉得事情没这么简单！

"小心！"

一个声音在身前响起。

"砰——"

满怀心事的我尽管听到了提醒，还是跟人撞了个满怀。

"对不起，对不起。"

我一边道歉一边抬起头来，这才发现跟我撞上的人是独孤夜。自从上次在演唱会上看到他之后，我们就没有再见过面，他还是那样……呃，冷淡。

"没关系。"

他简单地说。

"那……你能不能放开我？"

刚才撞上他的一瞬间，他顺手抱住了我，我们保持着奇怪又暧昧的姿势。

"好。"

独孤夜僵硬地放开我。

不得不说，每次遇见独孤夜，我都会有一种奇怪的感觉，他似乎有些不自然，难道是因为我跟小雅是好朋友，而他又喜欢小雅？

不过……

现在小雅跟闵焱打得火热，独孤夜要是知道了肯定会伤心的，幸好两个人也只是私下来往，我看我还是不要多嘴，反正感情这种事只能他们自己去面对……

"那，会长再见。"

这么想着，我干脆地跟独孤夜挥了挥手就要离开。

"等等。"

独孤夜叫住我，慢慢地走到我面前，似乎有什么话要说，可我等了半天，他都没有说出来。

我只好抢在他前面说道："如果你是想要问我小雅的事情，我真的什么都不知道。我不知道她怎么会突然跟那个闵焱好起来，我也不知道他们究竟是什么关系。拜托，你千万不要问我……"

"我为什么要问你这些问题？"

独孤夜不解地看着我。

咦？不是要问小雅的事吗？

"那你要说什么？"

我拨了拨刘海儿，尴尬地问。

"我希望你不要跟池太阳走得太近，跟他在一起你经常遇到危险。"独孤夜说完这句话，脸上的表情更加不自然了。

"啊？"

我没太明白。

可等我反应过来，独孤夜已经丢下我，转身跟学生会的几个干部走远了。

真是让人费解，他究竟为什么这么说啊？他为什么每次都不把话说明白呢？

这时，口袋里的手机又跟催命似的响起来。

不用看我都知道是谁打来的，于是无奈地接通电话："就快到了，你就不能让我喘口气吗？"

"已经过了十分钟了。"

池太阳的声音不咸不淡的。

"刚才碰到独孤夜啦，跟他聊了一会儿才……"

我的话马上被池太阳打断，他的声音冷了几分："你跟他有什么可聊的，快点，我不想再等！"

"嘟嘟——"

电话被挂断了。

什么嘛！我现在完全就像是个没有自由的人！

每天放学就被他催着一起回家，跟他待在一起的时间比跟我爸妈在一起的时间还要多，就因为这样，我在学校里被一群花痴孤立了，我容易吗？

我气鼓鼓地走到校门口，看见车已经停在那里了。

讨厌！

我宁愿坐公交车回去！

正要走近时，我发现小雅站在不远处。我刚要喊她，一辆的士在她身边停了下来，而后座还坐着一个男生，那个男生戴着墨镜，穿着一身休闲服，头上还戴着一顶显眼的帽子。

那是……闵焱？

"司机大叔，麻烦你快点发动车子，跟上前面那辆的士！"

我慌忙拉开车门坐进去。

"你干什么？"

池太阳被我突然的举动吓了一跳，脸色十分不好。

司机大叔没有听我的，而是看了看池太阳，为难地说："少爷？"

眼看着的士就要消失在我们的视野里，我激动地抓住池太阳的手说："拜托，拜托，小雅在那辆的士里，我想知道她跟闵焱去哪里了，求你啦……"

"跟上去吧。"

太阳看了一眼我抓住他的手，吩咐司机大叔。

"谢谢。"

我这才注意到自己的行为，连忙缩回了手。

"你倒是挺忙的。"池太阳冷冷地哼了一声，努了努嘴说，"又是独孤夜，又是闵焱的，你是看那个闵焱不对自己献殷勤，跟自己的好朋友在一起，所以在嫉妒吗？"

"喂，你胡说八道什么呀！"

听了池太阳的话，我气不打一处来，怒气冲冲地瞪着他："那个闵焱一定不是什么好人，不然为什么一开始故意跟我玩暧昧，现在又把小雅迷得七荤八素的？我是担心小雅受伤害才这样，你这种人什么都不懂就不要乱说！"

这家伙！

以为谁都跟他一样，内心那么阴暗呢！

"你放心。"池太阳恢复一脸冷漠，不屑地瞥了我一眼，"他一开始的目标就是你朋友，你可以不用自作多情了。"

"你怎么那么肯定？反正他绝对有问题！"

我探头朝前面的的士看过去，只见小雅和闵焱的头越凑越近，我也越来越着急，忽然脑袋里闪过一道灵光。

对了！

"池太阳……"

我咧开嘴对着池太阳笑，还拉了拉他的衣袖。

"不行。"

池太阳沉着脸，毫不犹豫地打断我。

"我还没开口，你就知道我要说什么了？"

我撇嘴道。

池太阳挑了挑眉，眯着眼睛看我："除了要我帮你从陈小雅眼中看她和闵焱的未来，你还能想出什么主意？"

"那你帮帮忙嘛，拜托了！"

我朝他的方向挪了挪，双手合十请求他。

可他显然打算无视我，眯了眯眼睛，对司机吩咐道："回家。"

岂有此理！

不帮忙就算了，干吗这样！

"不要！"

我深吸一口气，拉着池太阳的手妥协地说："我错了还不行吗？我们就只跟着他们好不好？"

池太阳没有说话。

司机大叔见池太阳默认了，也就继续跟着。

的士在游乐园前停了下来，我看见闵焱和小雅手拉着手一起下了车，亲密地买好票走了进去。

游乐园人那么多，闵焱竟然敢带着小雅来这里？他难道不怕被狗仔队跟拍？他被拍到是小事，万一小雅被拍到了怎么办？

现在的偶像明星谈个恋爱，对象多少都会被花痴粉丝痛骂，更何况小雅只不过是个普通学生，一定会被连累的……

"快点！快点！"

我用衣服挡住脸，催促沉着脸的池太阳蹲下来。

可他站在那里一动也不动。

啊！

闵焱朝这边看过来了！

我连忙跳起来，拽住池太阳，转了个身，躲到一旁的大树后面。

应该没被看见吧？

"咚咚咚……"

什么声音？

我默默地抬起头，发现自己的头正紧紧地贴在池太阳的胸膛上，我的手抱着他的腰，我们两人用暧昧的姿势靠在大树上……

"你干什么？"

池太阳的脸上挂着可疑的红晕。

"啊，对不起……"

我慌忙跳开，可没注意到脚下的障碍物，结果被绊倒，生生地跌了个狗吃屎。

"哎哟——"

我感觉脚踝处像是断了一般疼。

"怎么样了？"

池太阳跟着蹲下来，焦急地查看我的腿。

不看还好，一看连我自己都吓了一大跳，因为刚才的一扭，脚踝肿得跟包子似的，红了一大块。

呜呜呜……

我痛得眼泪都流下来了。

可是我现在担心的不是我的腿，而是小雅该怎么办。

"小雅……"

我转过头去，发现小雅和闵焱都不见了。

"都这个时候了，你还想着别人！"

池太阳生气地一把将我从地上抱起来，不顾我的反对，径自把我抱回了车旁，将我丢到了后座上。

"反正我受伤都习惯了，我担心小雅她……"

我挣扎着要下车。

"你给我在车上待着！"

太阳的表情很凶，我被吓了一大跳，脚又疼得特别厉害，眼泪就这样哗啦啦地流

110

下来，我吸着鼻子一边哭一边说："可是小雅跟那个闵焱……他们……"

"行了。"太阳皱起眉头来，无奈地捏了捏鼻梁说，"你在车里等着我，我去看看。"

"那……"

我抽泣着，话还没说完，池太阳已经走远了。

过了十几分钟，他走了回来，上车对司机吩咐道："去最近的天池医院，先预约一下骨科医生。"

"是，少爷。"

司机大叔答应着，一边启动车子一边拿出手机打电话给医院。

"可是小雅她……"

我念叨着。

"闭嘴！"池太阳瞪了我一眼，冷冷地说，"等你检查完，我就直接带你去找他们。"

"你刚才是不是用了能看见未来的能力？那你看到了什么？小雅和闵焱的未来究竟怎样？他们在一起会不会幸福啊？他们……"

"闭嘴！"

"哦……可是……"

池太阳犀利的目光又扫过来，我只好闭上了嘴巴。

我看了医生，涂了药，绑了一脚的绷带，还被刚好在医院的老爸撞了个正着，又被狠狠地骂了一顿之后，才得以解脱。

池太阳带着我找到小雅的时候，她正蜷缩在路边哭得天昏地暗。

"小雅，你别哭了。"

我不知所措，着急地问道："你倒是跟我说发生了什么事啊？"

"呜呜呜，童话，闵焱他跟我说了很奇怪的话，他说他不喜欢我，他说他只是想要报复我而已……"

小雅终于开了口。

"他为什么要报复你啊？"

我也跟着疑惑起来。

"我也不知道……但他说我知道，他说我只是在装，可是我真的不知道为什么。他到底为什么这么说啊？我到底做了什么事让他那么恨我……我也不知道自己怎么了，我真的很喜欢他，呜呜……"

看到小雅哭得像个泪人似的，我也不由得跟着伤心起来。

我感受得到小雅内心的悲伤，跟小雅认识以来，我从没见她这么哭过，虽然有嗜睡症，平时动不动就能睡着，但她一直是个大大咧咧、活泼开朗的女孩，从来没流过泪……

那个该死的闵焱，到底想干吗？

池太阳没说错，闵焱一开始的目标就是小雅。他究竟为什么要接近小雅，还要让她喜欢上他，然后再这样伤害她？

太过分了！

"我要去找他问清楚！"

我义愤填膺地转过身。

"你知道他住在哪儿吗？"

池太阳瞥了我一眼。

"对哦。"

我恍然大悟地点点头，然后讪笑着凑近池太阳："我不知道，不是还有万能的少爷你嘛！你帮我查一查闵焱家住在哪里吧。"

"不行。"

池太阳看了看小雅，又看了看我，冷冷地说："他们两个人是没有未来的，所以你还是不要再折腾了。"

听到池太阳这么说，小雅哭得更伤心了。

"喂，你不帮忙就算了，干吗这么说？"

　　我真是快被他气死了，这个时候还刺激小雅，所以我干脆推了他一把："乌鸦嘴，你快点走啦，等下我自己回去！"

　　"你确定？"

　　他看了一眼我的脚。

　　"确定！"

　　我气鼓鼓地瞪着他。

　　池太阳没再说什么，真的上车走了。

　　就这样，我和小雅两个人待在大街上，小雅哭了一会儿后，竟然又睡着了！

　　我真是欲哭无泪！

　　池太阳这个没义气的家伙，还真的说走就走啊！

　　"哎呀——"

　　就在我咒骂池太阳的时候，司机大叔开着车又回来了。他下车帮我把小雅抱上车，笑着说："少爷就知道会这样，便先让我把他送回家，再过来接你们。"

　　不知道为什么，听了这话，我的心里有股暖流淌过。

　　池太阳……

　　还算有点良心啦！

　　给小雅的妈妈打了电话后，我把小雅带回了我家。看到小雅睡着的时候还叫着闵焱的名字，我真不知道该如何是好。

　　也许我们当初就不该去看那场演唱会……

4

第二天。

　　我们才走到校门口，就被一群拉着横幅的女生围了个水泄不通。

　　"陈小雅，你跟闵焱一点也不配！"

　　"从他身边滚开！"

　　"闵焱是我们的，你长得这么难看，凭什么跟他在一起！"

"你不要厚脸皮地缠着闵焱！"

……

我和小雅还没明白状况就被推到了一边，还有几个女生拿着东西朝我们扔过来。

"啪——"

一只鸡蛋朝我砸过来。

我震惊得张大了嘴，忘了闪躲。

一个人影一晃挡在了我的前面，那个鸡蛋就那样砸在了他的身上，周围马上传来倒吸凉气的声音。

"那好像是池太阳啊！"

"真的是……"

几个女生交头接耳地议论起来，其余的人也惊讶地看着我们。

池太阳皱着眉头看了一眼身上流淌的蛋液，脸色难看到了极点。

我躲在他的身后，只觉得心惊胆战。

死定了！

太阳一把抓住我的手就要走。

"小雅——"

我拖着他不肯走。

那群女生可能是被池太阳的突然出现吓到了，反应过来后竟然更加疯狂，她们把目标对准小雅，东西也朝她一个人扔去。

"陈小雅，你这个丑女！"

一个西红柿朝小雅砸过去，小雅已经吓得不能动弹。

"住手！"

因为脚伤，我来不及跑过去，只能干着急。

这时，一个高大的身影先一步挡在了小雅前面，他的出现让疯狂的女生们终于安静下来。

"闵焱！"

这时，人群里一个大胆的女生问道："微博上的照片是不是真的？你真的跟陈小雅在一起了吗？"

我就说，闵焱带着小雅那样大张旗鼓地去游乐园，不被拍到才怪！果然，这噩梦般的事情发生了！

所有人的目光都集中在闵焱身上。

就连小雅，似乎也忘记了刚才发生的一切，只是屏住呼吸，看着闵焱。

"我和她……"闵焱恢复了平常的模样，勾起嘴角，用轻松的语气说，"怎么可能？我喜欢的女生类型你们都知道，首先就是要漂亮……"

他顿了顿，然后耸了耸肩说："总之，我跟这个女生一点关系都没有。"

闵焱的话让粉丝们激动的情绪一下子缓和下来，她们附和着他，纷纷议论着"我就说嘛""怎么可能"……

这时学校的保安大叔们也跑了过来，没几分钟就把人疏散开了，校门口总算安静下来。

只有小雅一个人默默地站在那里。

她的脸上满是泪水。

闵焱刚才对粉丝说的话，对她来说是多么大的打击。

眼看着闵焱根本没看小雅一眼，转身就要走，我急急地冲过去想拉住他，都顾不上脚上有伤。

"你别走！"

我想要抓住他，却被他躲过。

他似乎在刻意逃跑，墨镜遮住了他所有的表情，他连迟疑都没有，头也不回地上了车。

"闵焱，你这个浑蛋！"

我指着他大骂。

"行了，你就消停点吧。"

池太阳摇了摇头，一把拉住我的手。

"咦？小雅呢？"

我回过头才发现小雅不见了，着急地问池太阳。

"她应该是去教室了。"

池太阳指了指一个渐渐变小的身影，突然一把将我抱了起来："你别折腾了，要迟到了。"

"喂，你放我下来，这是在学校啊！"

"池太阳，你听到没有？"

"啊啊啊，你身上还有蛋液！好恶心，全都粘到我身上了！你是故意的吧，用我的校服来擦你身上的蛋液……"

……

我被池太阳抱进学校这种"光荣事迹"，按照以往来说，肯定会在格林学院传出几千个版本的八卦来，但是这次竟没有，因为小雅和闵焱的八卦更受人关注，最后闹得连小雅的爸妈都知道了。

但他们的态度很奇怪，说话的时候很激动，还让小雅以后不要再见闵焱。

为了逃避爸妈，小雅这几天都住在我家。她的心情很不好，我也想多陪陪她，但是某个人一点人情味都没有，非让我跟以前一样去他家待着。

所以我只好把小雅也带了过来。

"小雅，你别伤心了，闵焱那个浑蛋不就是长得帅点，说话风趣幽默点，唱歌跳舞厉害点，其实也没什么好的……"

我安慰着小雅。

她已经坐在沙发上发了好久的呆，久到我以为她又睡着了。

"童话……"小雅突然抬起头看着我，眼睛里还含着泪水，她吸了吸鼻子说，"你说闵焱会不会以前就跟我认识，但我后来失忆了，忘记了他？"

"什么？"我因小雅的话吓了一大跳，怎么想都觉得不可思议，"不可能吧？失忆这种老套的情节偶像剧都不演啦！"

"可是，我在我房间的角落里找到了这个。"

小雅从书包里掏出一枚小小的戒指，戒指里侧刻着两个英文字母，一个是M，一个是C，分别是闵焱和小雅姓氏的第一个字母。

这下连我都觉得蹊跷起来。

我看了看半躺在对面沙发上，闭着眼睛似乎已经睡着的池太阳，突然灵光一闪，有了一个大胆的想法。

好几次，我跟池太阳无意间亲吻后，我都透过别人的眼睛看到了一些过去的画面，虽然池太阳一直觉得那可能是巧合，但试试也无妨……

于是，我把这个想法说给小雅听。

对池太阳具有看到未来的能力这件事，小雅难以置信，反复念叨着："怎么可能？童话，你不要为了安慰我，编出这种话……"

直到我无比坚定地告诉她是真的，还把之前发生的事情说给她听后，她才将信将疑地问："真的可以吗？"

"真的！我们试试吧！"

我盯着她的眼睛，无比真诚地说。

小雅听后，没有很快赞成，反而有些迟疑："可是，我不确定我跟闵焱是不是真的有过去，万一我猜错了呢？"

"没关系，看一看又不吃亏！"

我跃跃欲试。

这种事情，只有趁池太阳睡着了才能做，不然等他醒了就完了！

不容小雅犹豫，我蹑手蹑脚地走过去，轻轻地俯下身，在池太阳的脸颊上亲了一下，然后抬起头来，看向小雅的眼睛……

很多画面同时在我眼前展开。

小雅跟闵焱的过去，一点一点全都映入我的眼帘，两个人从认识，到渐渐地喜欢上对方，再到遭到父母的反对，两人离家出走发生严重的车祸，之后两人被送进医院，小雅醒过来后却失去了记忆……

原来小雅的猜测是真的！她和闵焱以前就认识，还那么喜欢对方！

可是，为什么闵焱会恨小雅呢？

我能看到的只有小雅的过去，所以闵焱车祸之后发生了什么，我并不知道。当我把看到的过去都告诉小雅之后，她反而哭得更伤心了。

"我们真的那么喜欢过对方吗？可是我忘记了，我什么都不知道。为什么？呜呜……我真的什么都记不起来了！童话，我该怎么办？呜呜呜……"

小雅抱着我放声大哭。

"哎，你别哭啊，早知道我就不亲池太阳，不看过去了！"

好奇害死猫！我这下闯大祸了，小雅肯定更放不下闵焱了！

更糟糕的是，这时池太阳醒来了，听到了我说的话，他的目光像刀一样射过来，仿佛恨不得杀了我："你刚才做了什么？"

"我……"耳边小雅的哭声越来越大，我心里烦躁起来，"不就是亲了你一下嘛，大不了下次让你亲回来！"

"你！"池太阳额角青筋毕露，对我吼道，"你知不知道自己在说什么？你胆子还真是越来越大了啊！"

"嗡嗡嗡——"

池太阳暴跳如雷，幸好这时我的手机及时响起。

"童话！"浅浅激动的声音从手机那头传来，"你快点看新闻啊，闵焱要走了！今天他们公司突然发布新闻说，他要单飞，去美国发展！他跟小雅到底怎么回事啊？传闻说他是为了逃避跟小雅的关系才离开的，是不是真的啊……"

什么？

我连忙打开手机，翻阅新闻。

小雅也凑了过来。

网上铺天盖地都是关于闵焱单飞的消息，当然这不是我们关注的重点，我们关注的是微博上来自粉丝们的小道消息，都说闵焱今天就会搭乘飞机离开！

"我要去找他，我要跟他说清楚……"

小雅疯狂地往门外跑去。

我连忙抓住她的手，看了看时间，离飞机起飞只剩下一个小时！

"太阳，你可以让司机送我们去机场吗？"

我朝池太阳露出请求的目光。

池太阳还在生气，他都懒得看我，淡淡地说："我早就跟你说过，他们两个没有未来，这是不可改变的，飞机会飞走，他们再也不会相见……"

他早就知道！

原来他早就知道小雅和闵焱的未来！

我似乎明白了什么。

那天我们跟踪小雅和闵焱的时候，我受了伤，中途他回去找过闵焱和小雅，也就是在那个时候，他看到了两个人的未来，所以他才知道小雅在什么地方，才会带着我准确地在街边找到小雅，而他竟然什么都不告诉我！

看到小雅那么伤心，他居然什么都不说！

冷血！

无情！

该死的池太阳！

眼看着小雅又开始流泪，我实在忍不住，大声对他喊道："未来为什么不可以被改变？未来本来就是用来改变的！你这种冷血动物，根本不会明白什么是真正的感情！人可以为了感情去改变任何东西，包括未来！"

"童话……"

小雅被我激动的样子吓了一大跳，怔怔地看着我。

池太阳面无表情地坐在那里，似乎没想到我会突然对着他说出这些话，过了好一会儿，他才眯了眯眼睛，朝我看过来。

好可怕的眼神！

我的气势一下子就弱了下去，但我还是硬着头皮，拉着小雅的手昂首阔步地转身走了出去："小雅，我们走！"

由于是周末，又是交通高峰期，我和小雅在街边站了好久都没拦到的士。

就在我们快绝望的时候，池家的车却停在了我们面前，司机大叔摇下车窗对我们喊道："快上车吧，少爷让我送你们去机场。"

池太阳？

这家伙总算良心发现了！

我也不推辞，这个时候可不是怄气的时候。

好不容易赶到机场，我和小雅发现门口围着一大群粉丝，可想而知，要是小雅被发现了会有多惨！

所以，我们只能实施换装行动。

我从司机大叔那里借来他的西装裹在小雅的头上，这才躲过粉丝进入了机场大厅，但还是迟了……

飞机已经起飞了。

小雅的表现非常奇怪，听到飞机起飞的消息后，她反倒没有再哭，而是沉默起来，一言不发地坐在角落的椅子上。

"小雅，你要是难受就哭出来吧。"

我坐在她身边，不知道该怎么安慰她。

也许池太阳说的没错，未来不会改变，小雅和闵焱就这样错过了，他们之间的误会永远都不可能解开了……

小雅还是坐在那里，一动也不动。这才是伤心到极致的表现，好像周围的一切都不存在似的。

看到她这个样子，我心里也跟着难受起来。

上帝啊，快把活泼开朗的小雅还给我吧！

我现在真恨不得有个超人出现，把那架起飞的飞机弄回来，然后让闵焱留下来，这样小雅就不会这么伤心了！

等一下，那个穿着黑色皮衣、戴着墨镜朝我们走来的人是谁？

"闵焱？"

我惊得跳起来。

不会吧？

我揉了揉眼睛，上帝真的听到我的祷告了？

小雅听到我的喊声，终于动了动，目光顺着我的视线看过去，然后我看到她的眼眶又红了起来，眼泪也顺着眼角流下来……

"你怎么没走？"

我震惊地捂住了嘴巴。

不过，闵焱的眼睛哪里看得到我，他直直地走到小雅面前，一把将她抱住："对不起，都是我的错，我再也不会离开你了。"

"闵焱，我不记得了……"

小雅显得不知所措。

"我知道。"闵焱将她紧紧地搂在怀里，像是怕再失去她一般，"车祸之后好几个月我才醒过来，我的耳朵出了问题，什么都听不到，我妈妈告诉我，你把重伤的我丢在车祸现场，自己一个人跑了，你还写了一封绝交信给我，说再也不想见到我。那个时候的我很脆弱很脆弱，以为这一切都是真的……"

"那你的耳朵……"

"已经没事了。"闵焱笑着摇了摇头，继续说道，"后来，我用原来的QQ号码在网上跟你聊天，你却表现得像是完全不认识我一样，我以为你是在装，以为你真的把我忘得一干二净，却从来没想过你会失忆……"

听到这里，小雅也惊讶起来。

"那个送给我票的网友，就是你？"

"是我，对不起……我应该一早就把事情弄清楚，我不应该不相信你！小雅，你能原谅我吗？"

"嗯嗯。"小雅一边流泪一边点头，"虽然以前的事我都不记得了，但我知道自己喜欢你……"

"不要再耽搁了，等下想走都走不了了。"

这时，池太阳不知道从哪里冒了出来，冷冷地看着我们三人，指了指远处朝这边看过来的粉丝。

"太阳？"

我诧异地看着他。

"谢谢你把真相告诉我，让我留下来。"

闵焱朝池太阳道谢，然后拉着小雅的手往一边的出口跑去："我们先走了，你跟童话要小心……"

"啊，闵焱在那里！"

"跟他在一起的女生是谁？快追上他们！"

"那个男生是谁啊？好帅，会不会是闵焱公司的新艺人？"

"管他是不是，他以后肯定能红起来！"

……

在一片尖叫声中，池太阳抓住了我的手，也跟着往出口跑去："该死的，这种事情我绝对不会再做了……"

第五章

CHAPTER 05

美 丽 心 灵

1

"像蝴蝶飞过天际，是你美丽心灵……"

我一边欢快地哼着闵焱的新歌，一边端着咖啡朝楼上走去。

小雅那丫头，我打电话也不接，肯定跟闵焱跑去哪里玩了，等她回电话过来，我可要好好审问一下她，哈哈……

"啪——"

因为太开心，我不小心踩空了一级楼梯，手中的咖啡杯摔在地上。

所谓乐极生悲就是这样！

本来是为了小雅的事道谢，我才主动给池太阳泡咖啡，结果……

呜呜呜，这可是池太阳最喜欢的咖啡杯，他知道了肯定会杀了我的！

我赶紧蹲下身去捡地上七零八落的碎片，偏偏这时李管家的声音响了起来："童小姐，怎么了？"

"啊——"

我一紧张，手一抖，被杯子的碎片划伤了。

这下，连池太阳都听到了我的喊声，他从书房里走了出来，站在楼梯口往我这边看过来："怎么回事？"

不行！不能被他看到！

"没什么……"

我心虚地站起来，想要挡住碎片，结果反而一脚踩在碎片上，我穿的拖鞋鞋底本

124

来就薄，碎片尖尖的，直接扎进了我的脚底板，疼得我跳了起来。

"啊——"

这一跳，碎片扎得更深了。

我的眼泪涌了出来，身体跟着往后倒去，要不是李管家眼明手快抚住了我，我恐怕就要跌个仰面朝天了！

"你到底在干什么？"

池太阳居然一下子就来到了我面前。

他瞟了一眼地上的咖啡杯碎片，朝我伸过手来。

我被他的动作吓到，防御性地抱住头："我跟你说对不起嘛，你不要打我……"

"谁要打你了？"

他的声音里透着一丝无奈，还带着一丝怒气。

"真的？"

我含着泪水抬起头来，看到他的表情后哭得更凶了："你骗我，你明明在生气，我把你最喜欢的杯子打碎了……"

"碎了就碎了。"

太阳皱着眉，从李管家手中接过我，一把将我横抱起来，往外面走去。

"呜呜，你还说没有生气，你竟然想把我丢出去？我都受伤了，你竟然这么对我，你到底有没有良心？"

我越哭越大声。

"不准哭了！"

太阳朝我大吼一声，然后对李管家说："让司机把车开过来，我送她去医院。"

呃？

原来他不是要丢我出去啊！

可是脚上传来的疼痛感让我的眼泪还是止不住地流，我一边抹眼泪，一边还没忘记问池太阳："你真的不生气吗？"

池太阳把我丢进车里，也跟着坐进来。

他瞟了我一眼，没跟我说话，只是吩咐司机大叔开车。

我不放心地蹭过去，拉了拉他的衣袖："我知道自己错了，那个咖啡杯多少钱，我赔给你好不好？"

"你的手！"

池太阳大喝一声，吓得我把手一缩。

手才缩到一半就被他抓住拉了过去，我这才想起自己的手刚才也被划了一下，还在流血，血染红了他的衣袖。

糟了！

池太阳洁癖那么重，这回恐怕要抓狂！

"对不起，我会帮你把衣服洗干净的……"

我带着哭腔道歉。

"你是要气死我吗？"

他不由分说地抓着我的手，拿出一个小医药箱，找出一小块纱布替我包扎起来。

我惊讶地看着他的动作。

他小心翼翼地用纱布在我的手指上缠绕着，好像生怕会弄疼我。包扎完之后，他抬起头来瞪了发呆的我一眼："我在你心中，难道是一个会为了打碎的咖啡杯和弄脏的衣服生气而不管你死活的人吗？"

"嗯。"

我毫不犹豫地点了点头。

呜呜……

我干了什么？

看到池太阳阴沉下来的脸，我急忙补救，拼命地摇了几下头，讪笑道："不是，不是，少爷您心胸宽广、心地善良，简直是个超级大好人！"

"算了。"

他无奈地看了看我，又皱起眉看了看我的脚，突然嘀咕道："看来上次只是幸运躲过了劫难，这次又改变了一次未来，应该只会越来越严重……"

"什么啊？"

我竖起耳朵去听。

池太阳推开我凑近的脸，一脸凛然的表情，指着我说："我警告你，以后乖乖地待在我身边，不要再惹任何麻烦，不准再改变未来，不准偷亲我……"

"我那是想帮小雅……"

上次偷亲他的时候，我什么都没想，可现在回想起来，脸不禁烧得厉害，说话都没了底气。

"帮谁都不可以！"他冷着脸，瞥了我一眼，"本少爷的身体很金贵的，不是你想亲就亲的！"

呃！

又来了！

拜托，少爷你说话可以低调一点吗？说得那么暧昧，搞得司机大叔都频频侧目，好像我真的对你做了什么猥琐的事情！

幸好，车子很快就到了医院。

医生帮我取出脚底的碎片时，我痛得大声叫喊，让全医院都听见了。碎片扎得很深，医生给我缠了一圈又一圈纱布。回家的时候老妈心疼极了，说要让我在家里躺十天半个月才准我去上学……

可听池太阳一说我打碎了他心爱的咖啡杯，我老妈就变了脸，说我活该，从小就毛手毛脚的，受点教训也好！

老妈，我到底是不是你亲生的啊？

我只在家休息了一天，第二天就去上学了。

脚上的伤还没全好，我走路的时候还是跛着脚。

一下课，小雅就冲过来找我，跟在她后面的还有独孤夜。

"童话，你的脚怎么样了？"

小雅担心地问。

我伸了伸被缠得全是绷带的脚，不在意地说："能怎么样，就是走路的时候一拐一拐的，像个老太太。"

"你最近怎么那么倒霉啊，老是受伤，前几天不是还不小心被开水烫了手，差点留下疤痕吗？这下又伤了脚！"

小雅转了转眼珠子，夸张地说道："你说，你是不是撞邪了？"

"呸呸呸，你才撞邪了呢，是巧合啦。"

我嘴里这么说着，心里却想到了池太阳的话。

虽然他老说改变未来会碰到倒霉的事，但我从来没相信过，以为他是不想使用自己的能力去帮助别人才故意那么说，难道……都是真的？

"万一是真的呢，要不我们去拜拜神吧？"

小雅越说越认真。

"好啊，你跟神仙说让我的脚明天就好起来吧！"

"童话！"

"好啦好啦。"

看到她身后的独孤夜，我赶紧转移话题，朝小雅眨了眨眼睛："你还带了个尾巴来，就不怕你们家闵焱吃醋吗？"

"你别乱说！"

小雅跺了跺脚，把独孤夜拉过来："会长听说你受伤了，就跟着我过来，说是要看看你。"

啊？独孤夜是来看我的吗？

我尴尬地抓了抓额前乱七八糟的刘海儿，笑着说："谢谢会长来看我，我就请了一天假，有什么问题吗？"

我可不记得格林学院有条例说，不准学生请假啊，连会长都出动了，我到底又无意中闯了什么祸？

"我……"

独孤夜的脸一僵，似乎没想到我会这么问，他神色紧张，突然说道："你愿意到学生会来吗？"

"嘎？"

我莫名地发出一声像鸭子叫般的声音。

他的问题实在是太让人匪夷所思了，连小雅都睁大眼睛，惊讶地看着他："会长，你不是在开玩笑吧？"

学生会每年的选拔可是无比严格，如同千军万马过独木桥。

因为格林学院的学生会在学校是有很大权限的，跟学生有关的大小事务都要经过学生会的批准，就算是老师也不能做决定。当然最重要的是如果你是学生会的一员，以后升学可以加分……

"我没有开玩笑。"

独孤夜说完，马上解释道："是这样的，由于副会长这个月会去欧洲参加一个交换学生的项目，我缺一个副手，你愿意当临时副会长吗？"

哎呀！就算是临时的，那也是副会长啊，哪有说上就上的？

"当然没问题！"

我还没开口，小雅就抢在前头答应了。

然后，她用手捂住我的嘴，不让我拒绝，还朝我瞪了瞪眼睛："你傻啊，送上门的好事干吗要拒绝！"

呃！

小雅，自从跟闵焱在一起后，你怎么变得这么精明了？

肯定是他把你教坏了！

就在我和小雅用目光交流时，一个声音插了进来："独孤夜，你是不是忘了先问问我答应不答应？"

"太阳？"

我一开口，才发现自己亲密的称呼。

什么时候我已经去掉姓，直接叫他的名字了？

可池太阳并没有注意到我称呼的改变，把我和小雅都当成透明人，径直走到独孤

夜面前，两个人四目相对，顿时火花四射。

当然就算在这种时候，他也没忘了抓住我的手。

气氛变得紧张起来。

班上的同学都像被按了停止键一样，一个个停下手中的动作，朝这边看过来，连大气都不敢出。

这是怎么了？

"喂，你们俩这是看对眼了吗？"

我忍不住打破沉默。

两个人这才收回目光。

池太阳扫了一眼四周，大家回过神，装作忙自己的事，其实都用余光看着这边。

是啊，两人对决的场面，如果我不是处在风暴中心，也想拿包瓜子，搬张凳子坐着，一边看一边磕瓜子呢！

"我为什么要问你？"

独孤夜扫了一眼池太阳抓着我的手，眼睛里闪过一道锐利的光芒，他一改刚才面对我时的僵硬表情，露出本有的霸气。

"因为她是我的……"

池太阳停顿了一下。

我的心都提了起来。

喂，你这家伙在说什么？电视剧看多了吧，说什么我是你的，放在现实中听真的很恶心啊……

池太阳看了一眼要吐的我，接着说道："家庭教师。"

"噗——"

我几乎喷出一口血来。

少爷，你能不能一次性说完啊！

你看你把大家紧张的！

独孤夜紧握的双手松开了，他漠然地瞥了池太阳一眼："那又怎么样？她只是你

130

的家庭教师，而且大家都心知肚明，你的目的并不单纯。"

"哦？难道你的目的就单纯了吗？"

池太阳挑眉，冷冷地跟独孤夜再一次对视。

噼里啪啦——

又是一阵火花四射。

真是够了！

"我说两位，你们两个说来说去，有人问过我的意见吗？"

我忍不住甩开池太阳的手，打断他们。

"那你的意见是……"

两个人扭头看向我，异口同声地问。

"呃……"

我根本就是自己给自己挖坑，被两个人凌厉的目光盯着，我连要说什么都忘了，只好咽了咽口水，硬着头皮指了指独孤夜，对池太阳说："我觉得做临时副会长，跟当你的家庭教师并不冲突……"

"你知道自己在说什么吗？"

池太阳的语气带着威胁，他伸手就要拉我离开，却被独孤夜拦下："池太阳，如果你有时间，我希望我们可以单独谈谈。"

"好。"

池太阳想都没想就答应了。

然后，两个人什么都没说，丢下一教室准备看好戏的人，就那么走了。

2

这两个人该不会是约架吧？

"小雅，我们跟上去看看！"

我拉上小雅要走。

可就在这时，闵焱打来了电话。

小雅为难地看着我，我只好摇了摇头："我一个人去吧，看你们俩这甜蜜的模样，啧啧……"

闵焱和小雅在偷偷交往，也不知道以后会怎么样，两边的父母虽然都知道，但并没有再像以前那样反对。但因为怕小雅被粉丝们攻击，所以两个人只能像现在这样暗暗来往，至于未来会怎样，谁知道呢？

不过……把握好在一起的每一分每一秒才是最重要的吧！

我跟着池太阳和闵焱跑了出去，但是两个人走得飞快，我又跛着脚不方便，就这样跟着跟着就跟丢了。

这两个人去了哪里？

我站在人工湖边，向四周望去。

人工湖是格林学院的中心，旁边的小道起码有十条，通往学校的各个角落，在这里把他们跟丢了，真是倒霉！

"救救我——"

就在这时，我的脚踝被一只手抓住了。

我吓得背脊发凉。

救命啊！

我站的地方可是人工湖边，这个时候抓住我脚踝的东西，只能是……

我不敢继续想下去。

偏偏那个声音又响了起来："同学，你可不可以拉我上去，我没有力气了……"

"呜呜呜，求你别来找我，我从来没做过什么坏事……"

我好想哭啊！

小雅说的没错，我真该去拜拜神了，怎么这么倒霉，老是受伤不说，现在连"鬼"都找上我了！

"对不起……"

"鬼"竟然在说对不起？

我这才敢回过头，往下一看，只见一个披头散发的"鬼"正用尽全身力气从湖里爬出来，她身上还穿着我们学校的制服，全身湿淋淋的……

我不由得同情起她来，伸手拉了她一把。

"谢谢！"

那只"鬼"小声地道了谢，从地上慢慢站起来。她的黑色长发分开来，这时我看到了她的脸，差点吓了个半死。

"啊——"

她的左半边脸上有一大块被烧伤的印记，看上去实在恐怖至极。

听到我的尖叫，她瑟缩了一下，连忙用头发遮住那块印记，慌张地往一条小道上跑去。

等我从惊吓中反应过来，才发现她已经不见了踪影。

刚才——

是在做梦吗？

我揉了揉眼睛。

慢慢地，我从惊吓中恢复过来，心里觉得有点愧疚，我似乎也吓到她了……

虽然她的脸上有一块难看的疤痕，但她的眼睛是我看到过的最漂亮最纯澈的眼睛，就像是一汪井水，一眼就能望到底……

所以就算她真的是"鬼"，也是一个好"鬼"吧！

等一下！

我好像忘了什么！

池太阳和独孤夜到底去了哪里啊，该不会真打起来了吧？

我的担心是多余的。

晚上回去的时候，我观察了池太阳的脸，他的脸上并没有打架留下的伤痕，只是他好像心事重重，而且……

上车后，他自始至终都没有看过我一眼！

"你……跟独孤夜都谈了什么？"

我只好试探地问。

他愣了一下，双臂环胸对我翻了个白眼，冷冷地反问："我们谈了什么，需要告诉你吗？"

"呵呵。"我干笑两声，故作轻松地耸了耸肩，"是不需要告诉我啦，我就是好奇而已。"

他不说话，车里又是一阵尴尬的沉默。

我把头偏向车窗，假装看风景。

就在这时，我忽然看到了一个熟悉的身影，那个蹲在路边伸着手从自助贩卖机口拿东西的女生，好像是下午我遇到的——

"鬼！"

我惊呼出声。

"什么鬼？"

池太阳对我的一惊一乍表示不满。

"之前我怕你和独孤夜打起来，便跟着你们……"

后知后觉地发现自己说了不该说的话，我连忙捂住嘴巴，再回头看到池太阳的脸色十分不好，我机警地转过头去假装什么都没说过。

我又看了一眼，却发现那女生消失不见，贩卖机前围着一群穿着格林学院校服的女生，她们嘻嘻哈哈地闹成一团。

"你跟踪我们？"

太阳明显不高兴了。

"看着我。"

他用手扣着我的头顶，一用力，像转西瓜般把我的头转了过去，认真地问："告诉我，你还喜欢独孤夜吗？"

"啊？"

他问这个是什么意思？

见他一直盯着我，我有些不知所措起来："他不是喜欢小雅嘛，我喜不喜欢他有

134

什么关系，反正他也不会喜欢我……"

"所以，你的意思是，你还喜欢他？"

池太阳眯着眼睛，眼神冷下来。

"呃……"

喂！

少爷，你的理解能力真是超凡啊，我哪句话这么说了？

"我其实……"

我也不知道自己怎么了，竟然想要跟他解释，可他面无表情地打断了我，对司机大叔喊道："待会儿在童话家门口停一下。"

"你要去我家吗？"

我惊讶地问。

他看也不看我，冷声说："不是，今天你不用去我家了，这几天都是，等我需要的时候再跟你说。"

"为什么啊？"

我十分不解。

平常他巴不得我住在他家，一刻不离开他身边才好，今天是吃错什么药了，突然说这样的话？

池太阳没有回答我。

他一言不发，直到我下车，都没再跟我说一句话。

我郁闷地一个人走到家门口，打开门走进去，却发现爸妈不在家，老妈在小黑板上留了言："外婆身体有点不舒服，我和爸爸去看看她，今晚就不回来了，你如果一个人住害怕，就去太阳家借宿吧。"

老妈！你对池太阳也太放心了吧，还让我去他家借宿！

可是……

我打开窗户，唉声叹气地朝对面望去，灯火通明的别墅上面分明写着四个字——痴心妄想！

哼，我才不要去找池太阳呢！

其实我并不怕一个人睡觉，但不知道为什么，一躺到床上我就想起了今天下午在湖边遇到那个"女鬼"的情景，而且之后又看到她在贩卖机前"消失"……想着想着，往常看的恐怖片镜头一并涌入脑海，顿时，我冒出一身冷汗。

这时，外面起风了。

家里本来就空荡荡的，风吹进来，发出呼呼的声响。

呜呜……

怎么办？

我越来越害怕。

躺了一会儿，我实在忍不住了，穿着睡衣就往池太阳家跑去。

门卫大叔看到是我，有些犹豫地给我开了门，他跟我说，池太阳交代不让我进去，但经不住我的请求，最后他还是让我进去了。

我一路走到房子前，还是被人拦了下来。

"对不起，少爷说这几天不能放你进去。"李管家一边大声地说，一边朝我眨眼睛，示意我往里走。

呃！

管家大叔，你这是演的哪一出啊？

我还是顺利地走进大厅，可才走了几步，就被一只手拎了起来。

池太阳像鬼一样从后面冒出来，我都要怀疑他是不是一直躲在门后等着我来。他拎着我把我丢到门外："我不是交代过，不让她进来吗？"

这句话他是跟李管家说的。

"我拦不住童小姐……"

李管家睁眼说瞎话，把责任全都推给了我。

"太阳……"我可怜巴巴地看着他，"我爸妈去外婆家了，我一个人在家好害怕，你可不可以让我借宿一晚？"

"不行。"

136

他皱了皱眉，关上了大门。

眼睁睁看着大门在我面前关上，我心里的小火苗顿时熊熊燃烧起来，我才不会就这样回去呢！

不让我进去，我就站在外面，跟你死扛！

我也不知道自己哪根筋搭错了，可能只是心里觉得委屈，凭什么他让我来我就来，让我走我就走，他需要我的时候，就想方设法地把我留在他身边，不需要我了就赶我走？凭什么！

我偏不走。

我从门卫大叔那里借了一把椅子，坐在大门前，愤愤不平地数落着池太阳，说着说着就觉得眼皮重了起来，最后支撑不住，竟然就那样睡着了……

我做了一个梦。

梦里，我掉进了像棉花糖一般的云朵里，然后起了黑色的雾气，有很多可怕的鬼从四面八方爬过来。我害怕得想要尖叫，可是叫不出来。这时，从头顶的另一朵云里伸出一只手，我马上像看到救命稻草一般抓住了它，死也不放开……

那只手好大好温暖……

然后，我睁开了眼睛。

一张脸出现在我面前——完美的轮廓、精致的五官……

"啊——"

我大声尖叫起来。

身边的池太阳这才醒过来，他慢慢地坐起身，揉了揉被我枕得有些酸痛的手臂，不耐烦地揉了揉耳朵说："大清早的，叫什么叫，吵死了！"

"啊——"

我继续尖叫。

"好了。"

池太阳伸手捂住我的嘴，看着我说："你昨天晚上在门口睡着了，我就把你抱了进来，可你突然抓住我的手怎么也不肯松开，我只好……放心，什么事都没有发生。现在我松开手，你给我安静点，不要喊。"

说完，他慢慢地松开了手。

"啊——"

我不大叫……才怪！

3

早晨就在我的大叫、池太阳的无奈中过去了。

发生了这么尴尬的事情，我开始躲着池太阳，正好他似乎也不想见到我，我就一心一意地去了学生会报到。

没想到临时副会长的工作并没有想象中的难。

我的工作，说白了就是给独孤夜打杂，帮他拿各个部门的计划书，帮他做会议记录，帮他给各个部门的部长送文件。当然我知道副会长平时肯定不只是做这些，但到了我这里，估计就只能做这些了。

这样也好，我就不用去想池太阳的事了。

我可能跟池太阳在一起久了，竟然习惯了他的奴役，他突然不在身边，我感觉心里像是缺了一块，空荡荡的。

童话啊童话！不是说过不想吗，你怎么又想起他来了？

我拿着独孤夜签好字的计划书，因为比较急用，我打算把它直接送给文艺部长，哪知道刚来到她的班级门口，就被一把飞出来的椅子吓到了。

"啪——"

椅子擦过我的额角，摔在走廊的栏杆上。

我往里面看去，竟然又见到了那个在湖边碰见的"女鬼"，那椅子正是她扔出来的，她正愤怒地乱扔东西，教室里面乱成一团……

"把它还给我，还给我！"

"女鬼"，哦，不，现在我可以确定她不是鬼，她应该是这个班的学生吧，只见她整张脸都涨红了，在那里声嘶力竭地喊着。

"你是不是有病啊，谁拿你东西了？"

"就是……"

"她就是发病了，真是丑人多作怪！"

……

她对面的几个女生一个个都尖酸刻薄地说着难听的话，男生们则对她避之不及，躲得远远的，也没人出来制止。

究竟发生了什么？

我疑惑地看着这一切。

这时，一个女生看见了我："啊，你受伤了！"

我这才觉得自己的额角有些痛，用手摸了摸，发现流血了，但只有一点点，应该不是很严重，我淡定地说："没事，没事……"

连我自己都觉得，我这是习惯了受伤。

"田馨，你别发疯了，你砸到人了知道吗？"其中一个身材不错，长相也很出挑的短发女生指了指我说，语气里带着一丝轻蔑，"你知不知道她是谁，人家可是池太阳的人，现在还跟我们的会长牵扯不清，你惹不起！"

我擦了擦冷汗。

果然，当面听到传闻，还是关于自己的，心情还真是微妙……只是我跟独孤夜的八卦又是怎么回事？

田馨听了女生的话，停下了手中的动作。

她朝我看过来，看到我额头的伤口时，愣了一下，然后她冲到后面的柜子前，在里面翻了半天。

大家都不明白她要干什么。

半晌，她从里面找出一个创可贴，冲到我面前。

其实，我也被她刚才摔东西的可怕模样吓到了，所以她冲过来的时候，我下意识地往后退了退。

"对不起。"

她低着头，退了两步，把创可贴放在最后一排的课桌上，然后，头也不回地跑出了教室。

我突然明白过来，她是想给我创可贴。我走过去，拿起课桌上的创可贴，心里有点不是滋味。

我刚刚的动作，跟说着难听的话侮辱她的那些女生有什么不一样？她一定觉得很难过吧？可她究竟为什么那么激动地摔东西呢？

"你没事吧？"见我发呆，跟之前说话带着轻蔑口气的短发女生站在一起的梳着马尾辫的女生走过来说，"我叫刘景心。那个田馨本来就是个疯子，她硬说我们拿了她的东西，白水说了她几句，她还乱摔起东西来……"

"我没事。"

我不太想跟她多讲，把创可贴往额头上一贴，问道："你知道文艺部长李倩倩去哪里了吗？"

"她应该去厕所了。"

"那你等她回来，帮我把这份文件给她吧。"

"哦。"

拜托刘景心转交计划书后，我就离开了。

但我没想到，这件事情越闹越大，连我也被牵扯进去。

田馨班上的同学以她发疯摔东西这件事为导火索，联名写了请愿书要求田馨退学，说她性格阴郁又讨厌，疯疯癫癫的，还伤害同学，可能有精神问题……

而我的名字也被写在被伤害同学名单里。

"你觉得我应该怎么处理？"

独孤夜看了一眼我额角贴着的创可贴，问道。

"我不知道。"我老实地摇了摇头，摸了摸额角，"但我觉得那个田馨可能是真的丢了什么重要的东西才那样，她看到我受伤，还跟我说了对不起……"

"童话，你看问题的角度果然跟别人不一样。"

独孤夜欣赏地点头。

他还是头一回跟我说这样的话，应该算是夸奖吧。我不好意思地笑了笑："没有啦，我只是觉得她很可怜……"

独孤夜看我的眼神变得奇怪起来。

他又这样了！

有好几次他都用这种我读不懂的眼神看着我，让我都不知道该如何反应。

我连忙转移话题："会长，其实小雅跟闵焱好不容易才走到一起，你如果……"

"我不喜欢陈小雅。"

独孤夜打断我。

"不是吧？"

我张大嘴，不可思议地看着他。

他拿起桌上的一份计划书，像是在掩饰什么，僵硬地说道："我不希望你再有这样的误会，我喜欢的女生……"

我竖起耳朵来。

他顿了顿才说："另有其人。"

呃！

会长，你这说了等于没说啊！

不过，会长大人喜欢谁肯定不会告诉我啦，他肯定是怕我大嘴巴讲出去，万一他都没表白就被那个女生知道了就不太好了……

"会长你放心……"我拍了拍胸脯，跟他说，"我不会告诉别人的，祝你跟喜欢的女生告白成功，不管她是谁，肯定不会拒绝会长你的！"

"真的吗？"

独孤夜突然抬起头来，欣喜地望着我。

喀喀！

会长，你别这么看我！

我心里有点慌……我把话说得这么满，万一他被拒绝了，不会怨恨我吧？

"呵呵，当然。"

我不自然地避开他的目光，看了看那份请愿书："会长，要不然我去问问田馨吧，看她到底遇到了什么事。"

说完，我逃也似的跑出了会长办公室。

好险！

我以后再也不随便说不负责任的话了！

拍拍胸脯，我离开学生会大楼，往教学楼走去。经过人工湖的时候，我远远地看到了田馨。

奇怪，她站在湖边想干吗？

我想起上次在这里遇到她的情形，不由得心一颤——

她该不会因为被同学们排斥，又被逼着退学，以致想不开，想跳下去吧？

"田馨——"

我急忙朝她冲过去。

田馨听到我的声音，回过头来。

我看到她哭得通红的眼睛，心里一急，都忘了看脚下，结果跑到她面前时，被人工湖边的台阶一绊——

"啪！"

我向前扑去，跟田馨撞在一起，两个人都往人工湖里掉去！

完了！

我不会游泳啊！

我绝望地闭上眼睛。

这时，另一个声音响起："童话——"

随即，耳边响起水花声。

我咕噜噜地喝了几口水，就被身边的田馨拉着站了起来，原来人工湖靠岸边的水并不深，只不过到我们腰部的位置。

我擦了擦脸上的水，往身边一看。

"太阳？你怎么也跳下来了？"

站在我身边的池太阳，白色的校服衬衣贴在身上，全身湿淋淋的，脸上还沾着一些泥土。

"我下来游泳！"

他恼羞成怒地瞪着我。

"扑哧——"

我掩嘴轻笑。

我又不是白痴，当然知道他是看到我落水跳下来救我的，刚刚只是故意那么问他罢了，谁叫他这几天把我当透明人，都不理我！

我们几个狼狈地爬上岸。

我跟田馨去了更衣室，换上了平时穿的体育服。

"谢谢你……"

田馨用毛巾遮住自己的脸，小声地说。

她跟我道谢，倒让我羞愧起来："谢我什么，我才要跟你说对不起，是我把你推下水去的！"

"不是，我想谢谢你……以为我要跳湖，还来救我。"

我惊呆了。

她竟然会因为这个感谢我？

说起来，这些天我也打听过一些关于她的事情，她脸上的伤疤是一场大火后留下的，而她因为自己的脸有些自卑，平时在班上都不怎么说话，所以班上的人才会觉得她阴郁可怕，有几个女生还特别喜欢奚落和欺负她。

我的鼻子有点泛酸。

"你能不能告诉我，你那天到底怎么了？"

我在田馨身边坐了下来。

她看到我坐在她身边，先是一惊，接着就要往旁边挪，我连忙抓住了她的手："你不要害怕，我不会像其他人那样伤害你的……"

"不是。"田馨低着头解释道，"我是怕你被我的脸吓到。"

她的话让我又是一惊，心里更加不是滋味。我拍了拍她的手："没关系，不就是一块疤痕嘛，那些特效演员都是这么化妆的！"

"我……"田馨这才鼓起勇气抬起头来，眼里泪光闪闪，然后又低下头去，手不停地揪着校服裙的一角，"我不是故意对着大家摔东西的，我丢了很重要的东西，当时实在是太着急了，白水和刘景心他们又故意激我，我才……"

"你丢了什么重要的东西啊？"

我追问道。

田馨犹豫半天才带着哭腔说："是我打工很久，还加上每期的奖学金攒了很久才攒下来的三万块钱，我把它们换成了支票，打算寄给明明做手术用的。我记得那天早上我把它夹在我最喜欢的那本书里，可是下午我再打开柜子时书却不见了……还有一个星期明明就要做手术了，没有那笔钱该怎么办？呜呜……"

怪不得她当时会那么激动！

三万块不是小数目，而格林学院的奖学金虽然多，但绝对不是那么好拿的，多少人拼了命挑灯夜读也不一定拿得到啊！

"明明是你的家人吗？"

我疑惑地问。

"不是，明明是我去儿童基金会做义工的时候认识的一个乡下的小男孩，他家里非常贫困，可他得了白血病……"田馨说着说着又红了眼眶，她的手握得紧紧的，"我就想尽自己的一点力量，给他攒一些手术费。前几天她妈妈打电话过来，说还缺一部分钱，而我的钱刚好可以补上，他们听了后还很高兴……但是，现在支票不见了，我不知道该怎么跟他们说……明明的手术不能耽误啊！"

原来……

我不知道该说些什么，心里涨得满满的。

一开始我以为她是为了家人才会那么紧张，没想到她只是为了帮助一个陌生的小男孩，而她的那笔钱也许可以挽救一条生命……

我定定地看着田馨。

这个女生的脸上虽然还带着那块丑陋的疤痕，但在我眼中，她是那么的美丽，因为她有一颗善良的心，那是任何外在的美都比不上的。

"你放心，我一定帮你找到那本书！"

我安慰地拍着她的肩膀。

4

要找书，我第一个想到的是池太阳，但又想了想，最后还是找了独孤夜帮忙。

独孤夜很快利用学生会的名义发布了消息，让拿走书的人主动把书放回田馨的柜子里，便对这件事不予追究。

但是三天过去了，没有人来还书。

田馨一天比一天焦急，她的情绪也越来越激动，惹得班上更多的人讨厌她了，还说她在编造谎言，根本就不存在明明这个人！

而我没有想到的是，我也因为帮助田馨变成了被攻击的对象。

这天放学后，我打算去独孤夜的办公室找他，跟他商量一下田馨的事，如果再找不到书，明明的手术也不能耽误……

可没想到才走到半路，我就被几个女生围了起来。

还没看清她们分别是谁，我就被推进了旁边正在翻修的旧图书馆大楼，我被她们用衣服套着头，直到丢进一楼的厕所里。

"咔嗒——"

我听见门被锁了起来。

"喂，你们要干吗？"

掀开衣服，重见光明的我连忙跑过去推门，可怎么也推不开。

外面传来一群女生的嬉笑怒骂，她们尖锐的笑声在空旷的走廊上回荡，我听见其中有个女生喊道："多管闲事就是这种下场！"

"跟那个丑女一样讨厌，真拿自己当副会长了！"

"就是，我看池太阳也不要她了吧，好几天都没理她了呢……"

"池太阳是什么人，怎么会看上她啊，估计以前是她死缠烂打吧！"

……

然后，几个人又笑成一团。

只有一个清脆的声音像是有点担心地说："我们这样做不好吧，万一她在里面出了什么事怎么办？"

"管她呢！你不说我不说，谁知道是我们做的？"

"对啊，到时候来个死不认账，她一个人就是嘴皮磨出泡来也没有人会相信她。"

一个高八度的女声响起。

她停了停，又警告道："刘景心，你给我小心点，不要乱说话，要是被人知道了，你也是同谋！"

这群臭丫头！

我气得直砸门，对着外面大喊："我知道是你们！白水，你快点把门打开！快点打开！"

"我偏不开。"

白水站在门外一边说，一边跟几个女生一起放声大笑。

几个人的笑声渐渐地越来越远，我拍门的手也缓缓地放了下来，长时间的敲打让我的手都红肿起来。

我一个人蹲在无人的厕所里。

周围一点声音都没有，除了胡思乱想，我不知道还能做些什么。

我从来没想过有一天我也会遇到这种事，进格林学院这么久，我跟班上的同学都处得不错，也没有人会欺负我。

除了池太阳。

可是他虽然会对我大呼小叫，有时候还会发脾气，但他总是会在我最需要的时候出现，他虽然嘴上拒绝，但还是会为我做一些自己并不想做的事……

146

为什么？

为什么这个时候我脑袋里想的都是那个家伙啊？

对了，池太阳不是能看到未来吗？那他知道我被人欺负，被关在这里吗？他看到了，会不会来救我呢？

不对不对……

我怎么忘记了，他可以看见任何一个人的未来，可就是看不见我的未来，所以他不会来的，他不会来救我的！

时间一分一秒地过去，我透过厕所的小窗户，看见月亮升了起来。厕所里面越来越黑，只有一点点月光可以照进来。

我蜷缩着身体，靠在门上一动也不敢动。

他们都说，这栋旧图书馆之所以要翻修，是因为太旧了，曾经还有两个学生在这里离奇死亡，所以怨气很重，需要换新鲜的气息……

就在这时，月亮被乌云遮挡住了。

厕所里一片黑暗。

"滴答——"

"滴答——"

滴水声在寂静的黑暗中显得更大声了。

我再也忍不住了，抱着头低声哭泣起来："呜呜呜，太阳，你在哪里啊？你快来救我好吗？我真的好害怕，呜呜……"

"童话！"

天啊！

我害怕得都产生幻听了！

"童话！"

池太阳的声音再次响起的时候，我才竖起了耳朵。

不是幻听！

真的是池太阳！真的是他！

147

虽然声音听起来有点远，但是我可以肯定他在这里，他在这栋图书馆里，池太阳他真的来找我了！

"太阳，我在这里！我在一楼的厕所里！"

我惊喜地敲门呼喊。

池太阳听到我的声音，很快就跑了过来，他隔着门对我说："不要怕，我很快就会打开门，带你出来！"

接着，我听到了一阵砸锁的声音。

门很快就被池太阳踢开，可我太激动了，竟站在门后忘了躲开，就这样被踢开的门狠狠地撞中了额头。

"哎哟——"

我抱着头，大声喊痛。

"你干吗站在门后面？"

池太阳无奈地跑过来，打开手电筒，查看我的额头："还好，只是有些红肿，回去抹点药就没事了。"

"你肯让我去你家了吗？"

不知道为什么，一见到池太阳，我的心就安定下来，还不由得傻笑起来。

"白痴。"

太阳拍了拍我的脑袋。

"痛！"

我冲他龇牙咧嘴地说，然后好奇地问道："你怎么知道我在这里啊？"

"那还得感谢一个人……"

太阳冷冷地对着走廊阴暗的角落喊道："怎么？还不出来，要我过去把你抓过来吗？"

"对不起。"

刘景心低着头从角落里走出来，脸上带着惴惴不安的表情："回家之后我就一直心神不宁，所以打算回来看看你怎么样了，然后在校门口碰到了池太阳，他看了我一眼，什么都没问，我就朝旧图书馆跑了过来……我真的什么都没说，你别告诉白水！"

不用说，池太阳为了找到我，直接使用了他的能力，刘景心自然不知道他为什么会知道我在旧图书馆。

"放心，我不会说的。"

我朝她笑笑。

其实我觉得她并不坏，不然她也不会因为担心我这么晚了还特意跑来看我有没有事，如果不是她，池太阳也找不到我。

刘景心退了几步，转身想走。

"站住！"

太阳用命令的语气喊道。

刘景心立刻停在那里，动都不敢动。

"转过来！"

她听话地转过身来。

我不知道池太阳要干什么，只觉得他现在的表情有点可怕。

他眯了眯眼睛，朝我走近一步："你是不是一定要帮田馨？"

"我答应过她。"

我毫不犹豫地点了点头。

等一下！他该不会……

我刚反应过来，池太阳就抓住了我的肩膀，俯身在我脸上亲了一下，亲完之后放开我，竟然还露出一脸纠结的表情。

岂有此理！

我还没有发火呢，他干吗好像很嫌弃我似的！

刘景心看到这一幕，惊讶得瞪大了眼睛。

我赶紧朝刘景心看过去。

透过她的眼睛，我看到白水偷偷打开了田馨的柜子，拿走了她珍藏的书，又在大家群情汹涌时进行挑拨，为了不让独孤夜查到那本书，她竟然烧毁了它！

"白水她也太过分啦，她明明知道那本书里夹着的是救命支票，她还烧了它，她到底有没有良心啊！"

我真是气到不行。

"你怎么知道？"

刘景心说完，马上惊觉自己说错了话，捂住了嘴巴。

"还有你！"我指着刘景心，本来对她存有的一点好感也消失了，"如果你觉得朋友做得不对，为什么当时不站出来指正？你这根本就不是朋友，而是同谋！"

"对不起……"

刘景心的脸一片惨白。

可是，有些事情做了，并不是说对不起就能解决的，说再多的对不起也挽回不了。

当我把这个消息告诉田馨时，她差点晕过去。

"你不要急，我们再想办法吧……"

我的安慰并没能让她安心。

到底该怎么办？

明明的爸妈要是知道了，肯定也会急晕吧！

就在我和田馨不知所措时，明明妈打来了电话。田馨看了看手机屏幕，又看了我一眼，然后做了一个深呼吸。

"喂……"

她吸了一口气，按了通话键。

但听明明妈说了几句话后，田馨的眼睛闪闪发亮起来，很快，她挂断了电话。

"怎么了？"

我从来没这么紧张过。

"成功了！"田馨兴奋地拉住我，大声喊道，"明明的手术成功了！"

"真的吗？"

我听后，也不由自主地跳了起来，然后突然意识到什么，冷静下来："不对啊，不是说钱不够吗？离手术日不是还有三天吗？"

"手术提前了。"

"为什么？"

"因为明明的病情有变化，要尽快进行手术。"

"那钱呢？"

田馨这时也冷静下来，她不解地摇了摇头说："明明妈说，今天早上，手术要进行前，突然收到两笔三万元的汇款，她还以为是我寄过去的……"

"两笔？"

我有点摸不着头脑。

啊，对了，池太阳！

我突然想起，昨天晚上池太阳送我回去后，就跟李管家说准备一笔三万元的钱，我当时困得不行，并没有在意……

想不到这家伙还蛮有爱心的嘛！

但是，另一笔钱又是谁汇过去的呢？

我抬起头，恰好看见独孤夜站在二楼的栏杆边远远地望着我和田馨，我顿时好像明白了什么。

"会长，谢谢你！"

我朝独孤夜挥了挥手，大声喊道。

独孤夜听到后，又开启了机器人模式，他僵硬地点了点头，然后转过身去，消失在二楼的走廊。

"你的眼里就只有独孤夜吗？"

讽刺的声音响起，我还没来得及回头，后领就被一只手揪住了："还不跟我回去？不是说了二十四小时随传随到的吗？"

"池太阳，你怎么这么讨厌啊，我还要跟田馨去找那个白水算账……"

"不要多管闲事。"

"喂，这不是闲事，你难道想看到田馨和我再被欺负？"

"我池太阳的人谁敢欺负！再说了，明明的照片明天就会登在校报上，孰是孰非自有定论。"

"真的吗？"

"你干什么，别抓我的手……"

……

第六章

CHAPTER 06

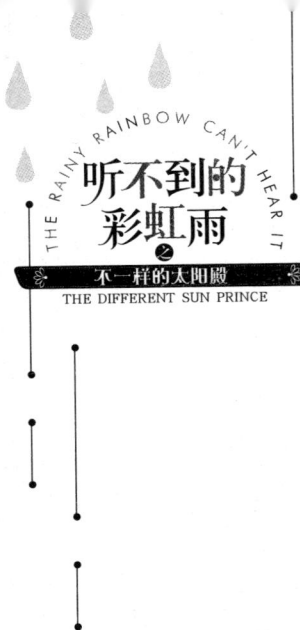

1

我跟池太阳的关系自然而然地又恢复了从前的样子，不过我总觉得他好像对我比以前更在意一些，特别害怕我受伤，所以，他现在几乎每天跟我形影不离。

我只当了大半个月的临时副会长就被炒了鱿鱼，因为正牌副会长提前回来了，说是不习惯欧洲的饮食……

学生会的人，真是有才又任性啊！

虽然独孤夜说我可以继续留在学生会，但我可不想再变成绯闻主角，况且要是独孤夜喜欢的那个女生听到了，我的罪过就大了……

就这样，又到了一个阳光明媚的周末。

"喂——"

我迷迷糊糊地拿起一大早就响个不停的手机，按下接听键。

"女儿啊，你起床了没有啊？"

电话那边伴随着海浪拍打的声音，传来老妈兴奋的叫喊声："我和你老爸现在躺在海滩上，晒着太阳，喝着椰子汁，真是太幸福了……"

我一脸郁闷地爬了起来。

"拜托！老妈你是有多无聊，特意打电话过来跟我炫耀吗？"

老爸医院的工作原来每天都忙得要命，几乎没有休息的时间，最近医院进行改革，招来了大批新医生，老爸这才好不容易获得了旅游休假的福利，就带着老妈一起去了新西兰，可惜我要上学，不能跟着一起去。

瓔

珞

"呵呵。"

老妈笑了笑，收起炫耀模式，然后才交代道："当然不是，老妈昨天走的时候烤了饼干，你记得帮老妈拿去给太阳……"

"不是烤给我吃的吗？"

亏我昨天看到饼干的时候还感动了一番。

"啊，对哦，我忘记做你那份了。"

老妈又呵呵地笑起来，一点都不在意地跟我说道："没关系，反正你又不是特别喜欢吃饼干，等老妈回去再给你做你喜欢的蛋糕哦，自己一个人在家要乖哦。"

说着，那边就传来"嘟嘟"的挂断声。

呃！

老妈，你太偏心啦！

我看了看桌上的闹钟，已经九点半了，以往这个时间我还没去找池太阳，估计他已经把我家的电话打爆了，为什么今天这么安静？

我慢悠悠地穿上衣服，洗脸刷牙，准备去他家。

我拿着老妈用玻璃瓶装好，烤得漂亮又诱人的饼干，走到池太阳家大门前，却看到一个穿着黑色蕾丝裙的女生鬼鬼祟祟地在那里徘徊。

女生的脸色惨白，好像遇到了什么问题。

看到我，她先是愣了一下，然后就露出十分着急的表情："对不起，你可不可以帮帮我，打开门让我进去躲一躲，有坏人在追我……"

"坏人？"

我看了看空空的巷子，没有别人啊。

"他们等会儿就会追上来找到我的！"

她突然上前抓住我的手臂，央求地哭诉道："求求你了，我家欠了很多很多钱，爸妈都跑掉了，只剩下我一个，债主上门来追债……呜呜……"

"可是……"

我看到她哭得眼睛红红的，一副实在很害怕的样子，也着急起来："这里不是我家啊，要不然你跟我去隔壁……"

155

"他们来了！"

我的话还没说完，她突然大声打断了我。

"哪……哪里？"

我往她指的方向看去，巷子口果然有一群凶神恶煞的人朝这边走过来，我也慌张起来，连忙用力地按响门铃。

很快门就从里面打开了，我拉着女生跑了进去，把大门关上，然后带着女生往里走。

"童小姐，少爷不准外人进来的……"

门卫拦住了我。

这时大门外传来了嘈杂的脚步声，只听见那群人粗暴地大喊道："我明明看到那个臭丫头朝这边来了，怎么不见了？你们给我好好地找找！"

那个女生下意识地瑟缩了一下。

看她这样，我只觉得可怜，就对门卫说："没事没事，我待会儿跟他说清楚就好了，不会给你带来麻烦的……"

池太阳的臭脾气我怎么会不知道，但情况紧急，我总不可能抛下女生不管吧。

"但少爷他……"

不顾门卫的阻拦，我拉着女生就往里跑，等进了大厅，绕了一圈才发现，池太阳不在家，连管家大叔也不在。

我下楼的时候，看到女生正安静地坐在沙发上等着我。

她按我刚才安排的那样坐在沙发上，只是偶尔用余光打量着周围。之前她一直都很害怕，现在则冷静了不少，像一位文静又有气质的公主。

她看见我后，马上站了起来。

"池太阳可能出去了。"

我尴尬地看着她。

"那我……"

"没关系啦，你家现在是回不去了，就先暂时留在这里吧，外面有保安，这里很安全。如果有人问起来，你就说……你是少爷的朋友！"

为了让她安心，我随口说道。

"谢谢你。"

女生露出感激的笑容，朝我伸出修长的手："我叫涂瓔珞。"

"我叫童话。"

我挠了挠后脑勺，不习惯地握住她的手："其实……这家的少爷叫池太阳，虽然他脾气很差，喜欢摆脸色给人看，有时候还会说一些讨人厌的话，仗着自己的身高动不动就把你拎起来威胁你，但他是个好……"

话还没说完，我就瞪大了眼睛。

不是吧？

真是不能在别人背后说坏话，一说就被抓了个正着。

"她是谁？"

池太阳推开大门，迈开长腿几步就走到了我们面前。看到瓔珞之后，他用犀利的目光扫了她一眼后，朝我问道。

我还没来得及开口，瓔珞就忙不迭地接话道："我是少爷的朋友。"

嘎嘎——

我仿佛看到一排乌鸦从头上飞过。

"朋友？"

我看到池太阳紧紧皱起了眉头，知道他要发火，急忙把瓔珞拉到我身后。

"你先听我说，瓔珞她家欠了很多债，爸妈都跑掉了就留下她一个人，我看到那些追债的在追她，她真的很可怜，你就让她先在这里躲一下啦……"

"我记得我跟你说过，不要再多管闲事。"

池太阳根本不听我说完就一副要赶瓔珞走的模样："让她走，我不喜欢陌生人待在家里，你不知道吗？"

"童话……"

瓔珞可怜兮兮地抓住我的手。

"你家那么大，暂时收留瓔珞几天不行吗？"

"不行。"

"人家一个女生被人追债无家可归，你不觉得可怜吗？"

"不觉得。"

"你都没有同情心的吗？"

"没有。"

池太阳瞥了我一眼，把外套脱下，往沙发上一坐，顺手把我拽到他身边坐下。这亲密的动作让我有点心虚地看了看璎珞。

璎珞的眼睛里闪过一丝奇怪的光芒。

"喂，你又这样！我们现在是在吵架！"

我气呼呼地想要甩开他的手。

"坐好。"

池太阳可不管我的抗议，他一点都不肯放开我，反而目光一转，直直地盯着璎珞，对她说："我倒是想听你说说，是什么原因让你恰好躲进我家来？"

"我……"

璎珞被他吓得一哆嗦，说不出话来。

"喂，你别针对璎珞啦，是我看到她在门口徘徊，又有人追她，才带着她躲进来的，你又不是不知道你家门卫不会放别人进来。"

我终于甩开他的手，生气地起身叉腰挡住他吓人的目光。

"哦？"

他挑了挑眉，又反问道："那她为什么会刚好在我家门口徘徊？"

"那……那是因为她被人追……"

我也说不出原因来，只好偏过头去看璎珞。

璎珞低着头小声哭泣起来，这让我瞬间正义感爆棚："池太阳，你是不是有被害妄想症啊！璎珞已经够惨了，你干吗非得怀疑她呢？你不想收留她，那我让她去我家好了，反正我爸妈这几天不在家！"

说完，我拉着璎珞就往外走。

"璎珞，我们走！"

"但是……"

璎珞有些踟蹰，似乎不太想跟我一起走。

可在我的拉扯下，她还是跟着走了几步，也只是几步，池太阳的声音就传了过来："等一下。"

"干吗？"

我停住脚步，转过身。

只见池太阳皱着眉头将璎珞打量了一遍，又无奈地看了我一眼，说道："她可以留下，但是我有一个条件……"

"我答应。"

其实我还是更希望璎珞能住在池太阳家，毕竟待在这里，即使追债的人找上门来，璎珞相对来说更安全。

"我还没说是什么，你倒是着急得很。"

池太阳冷哼一声。

"嘿嘿。"

我干笑两声说："反正你说的条件我要是做不到，你也不会说。"

"你必须搬过来。"池太阳指了指璎珞，对我说道，"你要是想让我收留她，就自己搬过来看着她，不要让她给我惹麻烦。"

"好。"

我干脆地点点头。

这下，池太阳的脸色反而更难看了，他黑着脸说："你是不是故意的？"

"啊？"

这家伙，我都答应了，他还生什么气！

"在我家待一晚就大喊大叫差点把屋顶都掀翻，如今为了一个陌生人让你搬过来，你倒是连犹豫一下都没有？"

池太阳的话语带着隐隐的怒气。

"那还不是因为上次你……"

碍于璎珞在场，我说不出后面的话，脸唰地烫了起来。

为什么突然提起这个啊？上次要不是一醒来就看到那么具有冲击性的画面，我也

不会大喊大叫啊！

况且，我答应得这么爽快，还不是因为老爸老妈他们出去旅行了，我在家里还得自己解决吃饭问题，所以池太阳说要我搬过来，我立马就答应了，果然，蹭吃蹭喝这种心理要不得，这下被人误会了吧？

"行了。"

池太阳的脸色渐渐恢复过来，看不出任何表情。

说完这两个字，他从沙发上站起来，把我和璎珞丢在大厅，一个人径自往楼上走去。走到一半的时候，他停了下来，居高临下地瞥了我一眼："记住，如果她敢给我惹一点麻烦，我就马上让她滚出去。"

小气鬼！

没有一点同情心！

虽然心里不停吐槽，但表面上我可不敢这样。我朝他咧开嘴假笑道："是，少爷，我保证我们俩都会安静得像空气一样，不会让你感觉到我们的存在……"

2

我很快就回家搬了行李过来。

管家大叔看到我搬来的一大堆东西，面露难色："童小姐，其实你可以不用带那么多东西过来，我都准备了……"

"我习惯了穿自己的睡衣，还有每天都要抱着我的大熊睡觉啦……"

我从一堆东西中找出另一套一模一样的海绵宝宝睡衣，开心地递给璎珞："这个给你。我从小就希望有个双胞胎妹妹，我们俩穿着一样的睡衣躺在床上聊心事，一直聊到很晚很晚，然后早上一起起床，一起去上学……"

"谢谢。"

璎珞接过睡衣，礼貌地道谢。

呃，她好像不怎么兴奋，难道是不喜欢海绵宝宝吗？

不过这样我也很高兴啦，我跟管家大叔说："我和璎珞住在一起就好啦，你不用特意帮她再安排房间了。"

"这样不太好吧。"

管家又为难起来，他指了指我们隔壁的房间说："少爷不喜欢他隔壁住人，只说让你住这里……"

"那我还是住另一间吧。"

瓔珞闷闷地低下头去。

"哎呀！"

我拉住她的手，对李管家说："没事啦，一个人也是住，两个人也是住，不要浪费资源，打扫起来也很麻烦不是吗？"

"这……"

李管家还是不放心。

"好啦，你快出去，我要换衣服了！"我干脆把李管家推了出去，锁上门，免得他说个没完。

等李管家出去了，瓔珞才放松了一些。

我收拾东西的时候，她好奇地左看看，右看看，还打开了卧室的衣柜，衣柜里面挂着很多漂亮的裙子，大多数都是白色的，是我喜欢的颜色。

"哇，都好漂亮呀！是他给你准备的吗？"

瓔珞羡慕地问。

我也被吸引过去，看了半天，做了结论："才不是呢，池太阳那种家伙怎么可能做这种事啊！应该是李管家准备的吧，不过他怎么知道我喜欢白色的裙子啊……"

"他一定很喜欢你吧？"

瓔珞突然问道。

啊？她在说什么？

瓔珞的话让我一时间反应不过来。

池太阳喜欢我？

这种事我想都没想过，他平时对我态度有多差，她是不知道啦！

哦，我差点忘记了！

在学校里就是这样，要不是池太阳动不动就抓我的手，同学们也不会误会我跟他的关系，现在倒好，连才见面不久的璎珞都这样觉得！

"呵呵呵，你不要误会啦！"我干笑着解释，"我跟池太阳绝对不是你想的那种关系。他才不会喜欢我，他只是因为某种原因需要我……"

"需要你？"

璎珞疑惑地看着我。

"总之，你记住就好，像池太阳那种冷血的人是绝对不会喜欢别人的！"

我看了看璎珞，觉得有必要跟她普及一下专业知识，免得她被池太阳的皮相诱惑。

"我跟你说，你千万不要被池太阳那张好看的脸骗了。你也看到了，他这个人不但脾气差，说话冷声冷气，还没有同情心，性格也很差……"

"他不是这样的！"

璎珞忽然激动地大声打断了我，把我吓了一跳。

"那他是怎么样的？"

我小声地问。

她的反应也太奇怪了，好像在为喜欢的人争辩似的！

"我……我只是觉得……"

璎珞的脸惨白惨白的，良久她才慢慢地恢复镇定："他看起来没有你说的那么差劲，他还让我住在这里，他应该是个好人……"

我有点无语了。

拜托！

明明是我求了半天他才肯让你住下来的好吗？池太阳可是一副随时都想让你滚出去的态度！

我翻了个白眼，但又不能这么说她。

也许璎珞刚刚受了惊吓，精神还处于焦虑状态，所以她才会产生池太阳是个好人这种错觉吧。

"好啦！"我拍了拍她的肩膀，从衣柜里取出一条白裙子，"你看你的衣服都破了，还那么脏，去洗个澡换身衣服吧！"

"好。"

她低下头看了看自己的衣服，接过裙子："可是……这裙子应该是给你的吧？"

"没关系啦。"

我无所谓地说。

璎珞也没再推辞，拿着衣服去洗澡了。

我一个人无聊就趴在窗户上玩。

窗户正对着花园，靠墙的那一边，向日葵开得正盛，金灿灿的，让我眼前一亮。

过去偷摘几朵来放在房间里让房间不至于那么单调吧。我心想。

池太阳家的装修也太单调了，全都是单一的颜色，看着就让人觉得压抑。

于是，我偷偷地下了楼往花园走，看了看周围没有人，就马上摘了几朵向日葵往房间里跑去。

嘿嘿！不知道璎珞会不会也喜欢？

"璎珞——"

我叫着璎珞的名字，蹦蹦跳跳地进了房间，却被眼前的一幕震惊了。

只见璎珞半躺在床上，而池太阳抓着她的手，虽然他用力地偏过头不去看璎珞，但两个人的姿势还是暧昧极了！

我赶紧转过身。

"对不起，你们……"

说这话的时候，不知怎的，我的鼻子酸酸的。

难道我对向日葵过敏吗？

"童话，你不要误会，我们没什么。"

璎珞的声音响起，我听见她的脚步声渐渐靠近。

"你跑到哪里去了？"

而池太阳不但不解释，反而质问起我来。

我也不知道自己是怎么了，抓着向日葵没命地跑开了，也顾不上紧跟在身后追我的璎珞。

跑到拐角的楼梯处，我还听到了她的喊声："小心呀——"

可是来不及了。

我一脚踏空，就那么从楼梯上滚了下去。

呜呜！

这次又要受伤了！

虽说已经习惯了受伤，但这次我感觉特别痛。

"童话！"

我想我应该是撞到脑袋了，因为眼前的楼梯变成了两道，就连从楼上跑下来的池太阳都变成了两个……

"快叫救护车！"

池太阳的脸上露出焦急的表情，他一把将我抱了起来。

"你走开，不要你管！"

我倔强地去推他，可是推不动，我的脑袋越来越晕，眼睛也渐渐睁不开了……

醒来的时候，我在医院里。

璎珞就在我的身边坐着，她的两只眼睛通红通红的，跟小兔子一样。她拉着我的手哭着说："童话，你终于醒过来了！太好了！"

"你……是璎珞吧？"

我用手摸了摸脑袋，上面绑着厚厚的绷带，我咧嘴笑了笑："这么严重啊，还好，我没有失忆……"

"童话，对不起。"

璎珞愧疚地低下头。

"说什么呢，又不关你的事，是我自己不小心才从楼上滚下去的嘛。"

我不自然地安慰她。

"童小姐，医生说你只是撞到了头，有一点擦伤和轻微脑震荡，并不是特别严重，可是少爷他……"李管家轻咳一声，说道，"少爷他担心你有大问题，硬是要医生替你包扎了头部，还替你办了住院手续。"

"那……池太阳呢？"

我小声地问。

"少爷他……"

李管家又犹豫了半天才说："他巧好在医院遇到了独孤少爷，两个人好像有事要说，应该马上就会过来。"

咦？

独孤夜也生病了吗？

我从床上坐起来，动了动身体，发现手上和脚上除了有些瘀青外，好像也没什么严重的伤，但为什么摔下去的时候会觉得那么痛呢？

"我去看看独孤夜怎么了！"

其实，我就是觉得自己没伤没痛的，躺在这里太夸张了。

"但是少爷他说……"

李管家为难地看着我。

"哎呀，我的伤又没那么严重，干吗搞得我像重症患者似的！"

我用力地摇了摇头，动手就要把头上的绷带拆掉："把我包得像木乃伊……"

"你干什么？"

病房的门被打开，池太阳冷着脸朝我发出一声怒吼。

我吓了一跳。

"我……我想去看看独孤夜，李管家说他在医院里……"

我的声音越来越小，因为池太阳的脸色越来越难看，他又生气了，还是很严重的那种。

他扫了一眼李管家，李管家连忙对瓔珞说："你跟我出去给童小姐买一些水果之类的过来吧。"

"可是我想陪着童话……"

瓔珞依依不舍地说，又看了李管家一眼，这才站起来："也好，顺便给她买一碗粥吧，她昏迷了两个多小时，还没吃午饭呢……"

"不要粥，我想吃鸡腿饭！"

说到吃的，我忘了池太阳还在生气。

不过反正他对着我，老是莫名其妙地生气，性格那么差，又不是一天两天了，还是吃的东西比较重要。

"给她买粥。"

池太阳对走出门的李管家和璎珞说，然后就把门关严实了。

"啪——"

重重的摔门声响起。

"粥又填不饱肚子，我都快饿死了……"

我嘟着嘴，郁闷地嘀咕。

病房里很安静，池太阳就站在门口的位置看着我，也不出声。我被他看得心虚极了，低下头不说话。

气氛显得很诡异。

"独孤夜怎么了？怎么会在医院啊？"

我实在忍不住，开口问道。

哎呀！我问什么不好，干吗问这个？

虽然不知道为什么，但最近好像只要我一说到独孤夜，池太阳这家伙就跟吃了火药一样，很生气。

果然，他的神情一变。

"你就那么在意他？"

"没啦！"

我被他弄得神经紧张，又想到之前的事情，顿时口不择言："我就随口问问也不行啊，你干吗管我？你跟璎珞在房间里那样，我也没说什么啊！"

天啊！我到底在说什么？

童话啊童话，你知不知道你现在的口气酸酸的，就好像在吃醋一样，难道你真的喜欢上面前这个性格恶劣的家伙了？

刚说完，我就有些后悔了。

"那个……哈哈，我的意思是……你跟璎珞怎么样，我也管不着啦，只不过她……你们俩才第一天认识，应该慢慢熟悉，不要那么快……"

呜呜！

我都不知道自己在说什么了。

池太阳只是看着我，也不说话。

他的表情变得让人捉摸不定，他先是皱了皱眉，又沉思了一会儿，然后突然说道："我跟她什么都没有，我进房间找你，看到她穿着你的衣服背对着我坐在床上，我叫了半天她也没回应，我走过去才发现那不是你……"

他这是在向我解释吗？

我惊呆了。

从来都以自我为中心的池太阳在向我解释啊！

"哦。"

我不知所措地应了一声，用蚊子叫一样小的声音说道："其实，你没必要向我解释啦，我没有误会你们……"

只是璎珞为什么不回答池太阳呢？

可能当时她很紧张吧，毕竟池太阳对她一直都凶巴巴的。

这么想着，我也释怀了不少。

3

虽然池太阳给我办了住院手续，但我真的只是受了轻伤而已，比起以前那些大大小小的伤来说，简直不值一提。

才待了一天我就忍不住闹着要出院，池太阳也没那么坚持了，就让我回家住，但说过几天要来复查。

出院的时候，我碰到了独孤夜。

与其说是碰到，还不如说他就在那里等着我，他什么也没说，只是看了我一眼就走了。

他好像没有生病，也没有受伤，也不知道他究竟来医院干什么……

难道是看我？

嘿嘿，我也太自恋了吧！

不过我真的很想知道独孤夜喜欢的那个女生是谁，被他那样的人喜欢的女生一定很特别，长得至少比我漂亮几百倍吧？

我摸了摸头上的绷带。

"喂，池太阳，我可以拆掉头上的这些绷带了吗？"

已经长得不好看了，这几天还要被他强制裹着绷带，就连小雅都嘲笑我是"棉签棒"。

"不行。"

池太阳看都没看我一眼就拒绝了。

"我头上的伤真的好了，医生都说可以拆掉了……"

我走到书桌对面讨好地对着他笑。

"咚咚——"

这时，书房门外传来敲门声。

"我做了一些小蛋糕，可以拿进来给你们吗？"

璎珞的声音响起。

"好啊好啊！"

听到有吃的，我忙不迭地应道。

池太阳那家伙却冷声冷气地对着门外说道："不可以，我说过不准进我的书房，你要待在这里就要守我的规矩。"

"她不就是送饼干嘛！"

我直接走到门口，把门打开。

"我……"

璎珞小心翼翼地看了看池太阳。

"别管他。"

我拉着璎珞进来，看到小蛋糕，舔了舔嘴唇："哇，璎珞，你做的蛋糕真好看，比我妈妈做的还要好看！"

"谢谢。"

璎珞红了脸。

我拿了蛋糕一边吃一边走到桌子对面，对板着脸的池太阳说："你也吃吃看嘛，比我妈做的还好吃哦！"

"我不要。"

池太阳一板一眼地拒绝。

璎珞大着胆子拿了一块蛋糕递到他面前，真诚地看着他："我住在这里，也不知道要怎么表达感谢之情，就做了点蛋糕……"

"过来。"

池太阳没有接蛋糕，反而一把抓住了我的手。

正在吃蛋糕的我没有反应过来，被他拽着一拖，跌跌撞撞地来到了他的面前，坐在了他的腿上。

"喂，池太阳，你干吗？"

我坐在池太阳的怀中，惊魂未定。

"不要动！"

池太阳命令道。

我偏过头，看到璎珞瞪大了眼睛，顿时明白过来，池太阳只是不想看到一直想跟他对视的璎珞眼中的未来吧。

可是我们现在的姿势……

但我又不能放开池太阳的手，只好笑了笑对璎珞说："呵呵，池太阳可能忘记吃药了！那个……璎珞啊，你可以先出去吗？"

"好……好的。"

璎珞结结巴巴地说完就往外走去。

不过，我也不知道是自己看错了还是眼花，我总觉得她看我的眼神带着一丝嫉妒和怨恨。

等璎珞走后，我连忙从池太阳身上跳下来。

"喂，我警告你啊，你以后牵手就牵手，不要随便搂搂抱抱的！你看，璎珞都要误会了！"

我气呼呼地甩开他的手。

"哼！"池太阳的脸上也有着奇怪的红晕，他哼了一声后说，"要不是你让陌生人住在这里，我也没那么多麻烦，那个璎珞有问题……"

"你才有问题呢！"

我正要替璎珞辩白，手机却响了起来。

是个陌生号码。

"请问，你家有人在吗？请出来收个快递吧。"

原来是快递员。

我这才想起，早上老妈打电话来说自己在那边买了一堆东西，拿不了就都寄回来了，让我记得签收。

"我去收快递，懒得跟你吵！"

我朝池太阳做了个鬼脸就往外面跑去。

败家的老妈，也不知道买了多少东西。我签了字，把一大堆东西搬进家里，收拾了一下就用了大概半个小时。

出来的时候，我感觉腰酸背痛。

走到池太阳家门口，我远远地看见一个打扮得像小混混的男生在门口徘徊，男生时不时探头朝铁门里面看，我马上警觉起来。

难道是那群追债的人？

他们已经知道璎珞住在这里了吗？

看到我走过去，那个男生马上朝我露出友好的笑容，打探道："请问，这一家的主人是不是姓池？"

呃？他还知道池太阳？

既然他知道池太阳，应该不敢轻举妄动才是！

"是啊。"

我点点头，想看他如何反应。

男生听了我的回答，脸色果然变了，他忧心忡忡地又往里面看了看。

我按响门铃，门卫给我开了门。

"等一下。"

男生叫住我。

"你既然知道谁住在这里，就不要乱来！"

我忍不住狐假虎威起来，生怕他冲进去做出什么疯狂的举动。

"你误会了。"

他犹豫了一会儿才说道："其实……我只是来找我妹妹的。你既然能进去，肯定知道我妹妹在不在里面。她叫涂璎珞，已经好几天没回家了，我很着急。"

妹妹？

璎珞说她是独生女，哪来的哥哥？

没想到小混混也有心机，幸好这几天我跟璎珞形影不离，她告诉了我很多关于她家的情况，不然我肯定要被他骗了！

"没有，这里没有叫涂璎珞的人！"

我赶紧摇头，又故意对门卫大声说道："大叔，你快关门啦，要是陌生人进来了，你们家少爷又要不高兴了！"

大叔连忙关上门，给了那个小混混一记闭门羹。

我朝外面看了看，只见他依然站在门口不肯走，而他的脸上挂着焦急的神情，好像又不是假装的……

真奇怪！

我一边想着，一边往里走。

去问问璎珞，自然就知道那人打的什么主意了。

上了楼梯，我正打算喊璎珞，却看到了我不想看到的一幕。如果说上次是误会，这次则是做不了假的冲击性画面——

池太阳背对着我，和璎珞紧紧地抱在一起。

璎珞踮起脚吻在池太阳的脸颊上，看到我之后，她不但没有推开池太阳，还对着我露出了胜利的微笑。

到底怎么了？

这一次我没有转身就跑。

我站在那里，一动也不动，感觉整个身体都僵硬了。

直到池太阳感觉到什么，用力地推开了璎珞，他转过身来，紧张地看着我，朝我走过来："童话，你站在那里不要动，我会跟你解释……"

解释什么？

告诉我他喜欢上璎珞了吗？

不要！

我一点都不想听！

他的话让我回过神来，我挪动脚步打算转身往楼下走。

"我叫你站住，你听见了吗？"

太阳抓住了我的手。

"哈哈哈，你不需要跟我解释啊，我不是说过吗，你们慢慢了解，不需要那么快的。不过喜欢一个人这种事情说不定就是这么快，她又不是我，长得那么漂亮……"

我竟然笑了起来。

但是我估计自己笑得比哭还难看。

我头上还缠着可笑的绷带，不知道丑到什么程度了。不过这不是重点，重点是我发现自己好像真的有点喜欢池太阳了。可他不会喜欢我的，跟他在一起的这些日子里，我十分清楚，他只是需要我而已，需要我帮他屏蔽别人眼中的未来而已……

池太阳的眉头皱得紧紧的。

他拽着我的手用了很大的力气。不知怎的，他突然朝我凑了过来，等我反应过来的时候，他的吻已经落在我的额头上。

他竟然又像上次帮田馨时一样对我故技重施！

我睁大了眼睛。

"你自己看吧！"

太阳吻完我以后，把我推向了璎珞。

看到池太阳就这样亲了我，璎珞似乎也很惊讶，瞪大眼睛盯着我们。

我被池太阳一推，猝不及防地跟璎珞四目相对。

过去的画面一闪而过。

　　我看到璎珞不停地纠缠池太阳，池太阳要走，她跑了过去，一把抱住了他，看到我上楼梯，她踮起脚吻了池太阳……

　　"璎珞，你为什么要这么做？"

　　我的声音里竟然带着一丝怒气。

　　璎珞没想到我会这么问，故意露出无辜的表情："我怎么了？是池太阳突然抱着我的啊，我以为他喜欢我才……"

　　"丑女人，谁喜欢你了？"

　　池太阳冷冷地打断璎珞，指了指楼下说："你给我滚，我不想再看见你！要不是童话说要收留你，我是绝对不会让你留在这里的！"

　　"你……"璎珞圆睁着眼睛，不敢相信地说，"你为什么不喜欢我？我哪里比不上她，我比她漂亮，比她聪明，比她……"

　　"住嘴！"

　　池太阳的声音已经冷到极致，他的表情比任何时候都可怕，他一字一句地说："我叫你滚出去！"

　　"对不起，对不起……"

　　璎珞被吓到了，咽了咽口水，表情一变，突然抓住我的手哭起来："我不是故意的，不要赶我走，我没有地方可以去了，要是被追债的人抓住，他们会打死我的……"

　　我看到她哭得楚楚可怜，心软了起来。

　　"太阳，她可能……"

　　虽然我现在也很生气，但又想到她的身世，不由得为她找起理由来。

　　喜欢一个人并没有错啊！

　　幸好池太阳现在不知道我喜欢他，如果哪天他知道了，会不会也用这样的眼神看我，到时候我肯定也受不了吧……

　　这么想着，我竟然感同身受起来。

　　"要我叫保安进来吗？"

　　池太阳不为所动，看着璎珞的目光像冰一样寒冷。

"呜呜呜……"

璎珞看了他一眼，哭着往楼梯跑去，很快就消失在我们的视野里。我想要追出去，却被池太阳拉住了。

4

璎珞走了，她没有再出现过。

几天过去了，虽然表现上风平浪静，但我总觉得心里非常不安。

我有点担心璎珞，去了她跟我说的她家的地址，结果那里竟是一块空地，就连她给的电话号码也是空号。

这天晚上，池太阳的车子才开到门口就被一个人拦住了。

"我妹妹有没有来找过你们？她不见了，我怀疑她可能被讨债的那群人抓走了，我怎么也找不到她……"

是那天在门口徘徊的那个小混混。

"你是说璎珞吗？她怎么了？"

我赶紧摇下车窗。

"少爷？"

司机大叔为难地问道。

"停下来吧。"

池太阳吩咐司机大叔把车停在了门口，我和池太阳下了车，他很自然地抓住了我的手。虽然已经很多次了，但我还是不适应。

唉！

我这个人肉屏蔽器要当到什么时候？

池太阳对小混混的话有些怀疑，上下打量了他之后问道："你怎么证明自己是她哥哥？"

"这是我们的全家福，小时候照的……"

男生可能早就料到我们会问这个，竟然拿出了全家福："我叫涂一磊，比璎珞大两岁，我们家以前家境其实还不错，只是后来我爸爸破产，又沉迷于赌博，欠了一屁

174

股债。我为了生活不得不跟一些社会上的坏人混在一起，我对不起妹妹，我说过要保护她的……"

说着，涂一磊眼睛里有泪水在打转。

我看了看那张全家福，上面的璎珞还是青涩的小女孩，站在母亲的身边，笑得格外开心。男生则用宠溺的目光看着妹妹，看得出来当时全家人都那么幸福。

"可是，璎珞几天前就离开这里了。"

我急忙说。

"我知道。"涂一磊看我的眼神带着一些不好意思，他说，"那天她哭着从里面跑出来，我知道她不想见到我，但又怕她出事，就一直偷偷跟着她，看到她去了熟悉的阿姨那儿才走。可今天早上阿姨打电话给我，说璎珞昨晚没有回去，我找了很多地方都找不到她……"

"那她到底去了哪里？在不在朋友家？"

我也跟着着急起来。

"她……没有朋友。"

涂一磊看了一眼池太阳牵着我的手，才小心地说道："半年前，她跟我说自己喜欢上一个男生，说想要跟他在一起，当时我没有在意，却不知道她说的是……"

"这么说，璎珞以前就认识太阳？"

那天太阳亲了我，我心里只想着去看当时璎珞和太阳之间的事情，并没有去看更早的过去。

"我不记得见过她。"

池太阳皱了皱眉。

涂一磊又拿出一张照片递给池太阳："这是我从她房间里找到的，她把这张照片当宝贝一样藏着。"

照片像是在一家餐厅偷拍的，因为璎珞离镜头特别近，池太阳则离镜头比较远，他坐在餐桌旁吃着东西，而璎珞穿着服务员的衣服，站在镜头前……

一看就是一张有意为之的合影。

"这家餐厅我似乎有点印象，她……是那个被人泼了一脸水的女生？"

太阳似乎记起来了。

涂一磊点了点头，说："没错，我妹妹之前在这家餐厅做兼职服务员，有一天她回家跟我说自己被一个很凶的顾客泼了水，差点被辞退，幸好有个很帅的男生出手帮了她……"

原来是这样！

因为池太阳的出手相救，璎珞喜欢上了他，但她不知道池太阳这种人怎么可能记得住别人，况且是一个只有一面之缘的陌生人……

"那又怎么样？"

池太阳又恢复了一贯的冷漠。

"我……"涂一磊愣了愣，小声说道，"如果我妹妹不在这儿，那我……"

不行！

我这几天都心神不定，万一璎珞出了什么事该怎么办？

"我们可以帮忙！"

我忍不住对涂一磊说。

我心里十分着急，用力地甩开池太阳的手，说："你快看看璎珞现在在哪里啊！"

"你知道自己在说什么吗？"池太阳转过身冷冷地看着我，"你要我跟你说多少次，我不会再做任何改变未来的事，你是嫌自己受的伤还不够多吗？"

"没关系……"我摇摇头，对他说道，"我不在意的，反正我都习惯了，不就是受点伤嘛，那也总比璎珞出事强啊……"

"你不在意我在意！"

池太阳打断了我，看我的眼神痛心疾首，他一把拽过我的手，说："你别忘了我最初让你留在我身边的目的！"

"你……"

他拽着我的手太用力，我怎么甩也甩不开。

涂一磊站在一边，完全不明白我们在干什么，只能傻傻地看着我和池太阳。

"你放开我！"

我气急了，抓住池太阳的手狠狠地咬了一口。

"你敢咬我？"

池太阳怒视着我。

"池太阳，你到底明不明白？如果璎珞出了什么事，我会更伤心的，比我自己受伤还难过，你知道吗？"

我朝他大声吼道。

池太阳愣住了，他脸上的怒气慢慢地消散，直到不带任何表情。他盯着我看了许久，突然说道："那你考虑过我吗？考虑过我会因为你受伤而伤心难过吗？"

什么？

池太阳的话让我一愣。

他的意思是……

池太阳说完就转过头，朝涂一磊的眼睛看去，然后说道："你们家附近有没有一家有冰库的超市？"

"有冰库的超市？你说我妹妹在冰库里？"

涂一磊震惊地问。

池太阳点点头。

我已经来不及去回味池太阳的话，拉了拉他的手臂说："那怎么办？我们赶快去找璎珞吧！"

"你真的不后悔？"

他似乎还在犹豫。

"后悔什么，你难道要眼睁睁地看着璎珞冻死吗？"

我气愤地拖着他上车。

池太阳还想说什么，脸上的表情很难看，但终究什么都没说，只是吩咐司机大叔把我们送到了超市外面。

超市恰好是天池集团名下的，司机大叔说明了原因后，超市的经理打开了冰库的大门。

我一眼就看到了蜷缩在门边的璎珞。

"璎珞！"

我冲了过去，想要脱下自己的外套给她披上，却被池太阳阻止，他脱下自己的外套裹在璎珞身上，并且把她抱出了冰库。

经理打开了超市的贵宾招待室，还开了空调。

温暖让璎珞渐渐苏醒过来。

"哥哥？"

她第一眼看到的是涂一磊。

"璎珞！"

涂一磊喊着她的名字，眼里竟然都是泪。

"我想回家拿东西，却被追债的人看到了，他们追着我，我一路跑啊跑，看到冰库的门开着，就跑了进来，门关了我也不敢出声……"

璎珞脸色惨白，嘴唇也没有血色。

"没事了！"

涂一磊听后更自责了，他紧紧抱住璎珞，拍着她的背："没事了，哥哥在这里，哥哥会保护你的，以后再也不会丢下你一个人了……"

"呜呜，哥哥……"

他们两个人抱在一起哭成一团。

看着这感人的一幕，我也不由得跟着流下泪来。为了缓和悲伤的气氛，我接过经理倒的水递给璎珞："璎珞，你先喝杯热水！"

"童话？"

璎珞这才转头看向我，又看了看身上裹着的衣服，小声问道："这衣服是……"

"是太阳的啦！"

我扯过一直站在门边的池太阳。

"谢……谢谢。"

璎珞看到池太阳后，惨白的脸迅速变红了。

池太阳冷冷地瞥了她一眼，干巴巴地说："不用谢我，那衣服你就留着吧，反正我也不会要了。"

178

"喂！"

真是狗嘴里吐不出象牙。

我把他推到一边，对着瓔珞笑了笑："你别理他。你现在觉得怎么样，要不要把空调温度再调高点？"

"不用了。"

瓔珞不好意思地擦了擦脸上的泪水，又问道："你们是怎么找到我的？"

"这我也不知道，他们俩……"

涂一磊朝我和池太阳投来疑惑的目光。

"哎呀，这你就不用管了。瓔珞啊，我们先送你去医院检查一下吧，万一身体被冻伤了怎么办？太阳啊，我们送瓔珞去……"

我连忙打断涂一磊，朝池太阳使眼色。

可他看也不看我，径自往外面走去，只丢下一句："剩下的事情，你们自己解决吧，我有事先走了。"

这家伙！

把我一个人丢下落跑，也太过分了！

这时，瓔珞已经完全恢复过来，她朝我投来愧疚的目光："童话，谢谢你来救我。我知道自己有目的地接近池太阳，还害得你们产生了矛盾，是我的不对，但是……"

"你不用愧疚啦，喜欢一个人又没有什么不对。"

我摇了摇头，打断了她。

瓔珞听到我这么说，脸更红了："我……你放心，我不会再见他了，我知道他喜欢的人是你，他不可能喜欢我的，我放弃了……"

呃！

她为什么突然这么说？

我刚才说的话完全没有这个意思啊！

"啊？"

我有点慌了，连忙说道："他……他才不喜欢我呢，你别乱说啦！其实我没说让你不要见他啊，你别乱想……"

"哥哥，我们走吧。"

璎珞意味深长地看了我一眼，然后在涂一磊的搀扶下往外走去。

"喂，璎珞，你还是去医院检查一下吧！"

我边说边追了上去。

第七章

CHAPTER 07

太阳的童话

听不到的
彩虹雨
之
不一样的太阳殿
THE DIFFERENT SUN PRINCE

1

"谢谢你帮璎珞还了那笔债，让他们兄妹俩都可以安心地上学。"

我笑嘻嘻地把泡好的咖啡恭恭敬敬地端到太阳面前。

"所以呢？"

太阳努了努嘴，端起咖啡喝了一口，斜着眼睛看了我一眼："我可没说过不要他们还，等他们有能力偿还的时候，还是需要还这笔钱的……"

"我知道。"

我依旧笑眯眯地看着他。

"不要对着我笑，你这么笑肯定没好事。"

太阳这才警觉起来，把咖啡杯放下，皱起眉头："说吧，你又想要我干什么？又闯什么祸了？"

"没有啦……"

我不满意地嘟起嘴巴，把漫画书往身后藏了藏。

这家伙……干吗每次都觉得我会闯祸啊？我就那么不靠谱吗？

"没有就好。"

太阳扫了我一眼，又抿了一口咖啡，不动声色地问道："那你身后藏的是什么？"

"呵呵，没什么……"我讪笑着，硬着头皮拿出漫画书，朝他身边凑了过去，

182

"太阳，你可不可以帮我一个小小的忙？"

"嗯？"

太阳面无表情地看着我。

"就是……"我咽了口口水，笑着对他说，"就是那天会长大人打电话给我，让我记一个地址，我好紧张，就随手拿了一本书撕了一页纸下来……"

"独孤夜为什么给你打电话？"

太阳冷冷地打断我。

"他说学生会组织的校外活动人手不够，要我去帮忙……"

我被他犀利的目光吓到，就老老实实地说了，但马上又反应过来："哎呀，这不是重点啦！重点是，后来那张纸被我弄丢了，我才发现自己撕的是从小雅那儿借来的新漫画书，最后一页恰好是大结局，所以……"

"少爷，求求你了。"

我双手合十，用哀求的目光看着太阳："你可不可以帮我看一下大结局是怎么样的？小雅问起来，我也可以告诉她，不然她会杀了我的……"

"哼，现在连这种事情都要我做了吗？"

太阳皱了皱眉。

见他要拒绝，我想了想，豁出去了，说道："求你啦，如果你答应我，让我干什么都可以！"

"真的什么都可以？"

太阳弯起嘴角，眯起眼睛打量着我。

好可怕……

"是的。"

我咽了一口口水，点了点头。

"那好，你现在就打电话给独孤夜，告诉他你不会参加任何活动，因为……"太阳用手指轻轻敲了几下书桌，心情很好地说，"你要时刻跟着我，一刻都不能离开我身边。"

"什么?"我难以置信地大叫起来,瞪着他,"我才不要呢!你这个变态狂!"

这几天池太阳实在太不对劲了!

虽然平时他老强调要我待在他身边,但还没到限制我人身自由,一刻也不准我离开的地步,但现在……每天除了上课,我几乎都被强制性地绑在他身边,就连周末想跟小雅出去逛个街也被他禁止。

简直太过分了!

我又没签卖身契,他凭什么这么对我?

哼,我才不要跟这个大魔王妥协,大不了我去问买了漫画书的同学,又不一定要问他!

偏偏这时,小雅打电话过来了。

没说几句,她就提到了漫画书,还很兴奋地问道:"那你快告诉我大结局是什么,我突然好想知道……"

喂!

小雅,你是跟池太阳商量好故意整我的吗?

"那个……我还没看到大结局。"

我故意撒谎。

"你刚才不是说你看完了吗?"不知道小雅中了什么邪,不依不饶地说,"不管啦,你翻到最后一页,告诉我男主角到底有没有死……"

"呃,可能没有死吧。"

"什么叫可能?"小雅突然认真起来,狐疑地问道,"童话,你该不会对我的宝贝漫画书做了什么吧?那可是我排队好不容易抢到的最后一本!"

"没,没,我保证它好好的……"

我欲哭无泪地看着被我撕掉的最后一页,急忙说道:"你等一下,我翻到最后一页看完大结局就告诉你!"

　　跟小雅在一起这么久，我当然知道，虽然她平时傻乎乎的，一副善良又无害的模样，但只要关系到她的宝贝漫画书，她绝对会变身麻辣少女，谁要是动了它们，她就会跟人家拼命啊……

　　现在唯一的办法只有——

　　先找太阳解决燃眉之急，然后再想办法弄一本来替代！

　　"少爷……"

　　我像只可怜的小狗，凑到太阳身边小声央求道。

　　"怎么样？"太阳一副胜券在握的表情，挑了挑眉，"只要你答应我，我不但帮你看到结局，还会帮你弄一本一模一样的漫画书来……"

　　"真的吗？"

　　我欣喜若狂地看着他。

　　可是……

　　呜呜，人家才不要打电话给独孤夜说那么奇怪的话呢，如果真那么说，他一定觉得我是个随便的人！

　　小雅的电话又打了过来。

　　我看了看手机屏幕上闪烁的电话号码，连忙答应道："好，我跟会长说不去参加活动，但是……你快点告诉我大结局啦！"

　　太阳满意地看看我，翻开了漫画书。

　　呼——

　　终于完美地解决了小雅的问题。

　　接着我又被太阳逼着打了一个电话给独孤夜。一口气把太阳安排好的台词说完，我就迫不及待地挂断了电话。

　　完了！

　　真希望刚才我说得太快，独孤夜什么都没听到！

　　"你那么紧张干吗？"

太阳悠闲地端起咖啡，瞅了我一眼："反正你不是说，独孤夜他不喜欢你，你说什么他也不会在意，在他的眼里你什么都不是……"

"你知道什么，你以为独孤夜跟你一样冷酷又无情吗？"

我脱口而出。

"你说什么？"

太阳的脸色猛地暗下来。

是啊，池太阳这样的人，怎么可能了解女生的心理？就算是那个人不喜欢自己，女生多少也会心存幻想。

就像璎珞，虽然太阳一点也不在乎她，甚至都不记得她，但太阳的一举一动对她来说都那么重要，就算是一张算不上合照的合影，她都会珍藏起来，这就是喜欢一个人的感觉。

可在太阳的眼里，她什么都不是，不管她说什么、做什么，太阳都不会觉得特别，也不会在意……

如果太阳知道了我喜欢他，会不会也会像对璎珞那样，对我露出鄙夷的眼神，会不会再也不让我待在他身边？

我害怕起来。

"没，没……哈哈，我刚才说什么了吗？"

我慌乱起来，从他手中抢过咖啡杯："少爷，你的咖啡冷了，我这就去给你换一杯来，你等一等……"

我刚转身要走，就被太阳拎了回去。

太阳一把将我拖到他身边，站起身来，将我困在书桌和他之间，一把捏住我的下巴，将我的头抬起来。

"我警告你，以后不要拿我跟独孤夜比较。"

他的眼神有些恐怖。

我们的距离太近，我的心跳加速，想避开他的目光，转了转头，却又被他强迫性地转了过去："听到我说的话了吗？"

"嗯嗯。"

我连忙小鸡啄米般点头。

童话，你点什么头啊，我深深地鄙视你！

自从知道自己喜欢上太阳，又生怕他知道，我就想躲着他，偏偏太阳不让我如意，反而进一步控制我的自由，几乎到了变态的地步！

不过他答应我的事，倒是说到做到。

"给，小雅，你的漫画书！"

我一边吃着冰激凌，一边把漫画书递给小雅："就跟你说我没弄丢吧，你还不相信我，太过分了吧……"

"你弄丢好几次了，我当然不相信你。"

小雅翻了个白眼。

"嘿嘿。"

我朝她眨了眨眼睛，坦白交代漫画书早就不是原来那本了。

"哼，我就知道！"

小雅抚了抚漫画书，嘟了嘟嘴："算了，反正有一本新的就好了，不过池太阳他对你也太好了吧？"

"才不是呢，为了这书我不但拒绝了会长，还跟他说了那些奇……"

说着说着，我就发现迎面走来一个熟悉的身影，顿时手中的冰激凌"啪"地掉在了地上，我猛地大叫起来："啊，会长——"

我的大叫声把所有人的目光都吸引了过来。

然后，我做了一个更愚蠢的动作——

我手忙脚乱地一把抢过小雅手中的冰激凌，试图挡住自己的脸，结果——

我被糊了一脸的奶油。

呜呜！

童话，你是不是笨蛋啊，拿漫画书也好啊！

这时，独孤夜已经走到我和小雅的面前，他既担心又疑惑地看着我问："童话，你怎么拿冰激凌往脸上撞？"

"呃，我……"

我憋红了脸，不知道该怎么解释。

"完了，童话你又犯病了！"

小雅也一脸无奈地看着我。

"那天没有去帮忙，还跟你说了奇怪的话，对不起，会长！"

我觉得自己已经丢脸丢到太平洋了，干脆深深地朝独孤夜鞠了一躬，接着就低着头打算开溜，可偏偏又倒霉地踩到了地上的冰激凌……

"啊——"

我往旁边倒去。

独孤夜顺手扶住了我，我的手往前一伸，正好放在了他的胸膛上，顿时，周围变得鸦雀无声。

"对不起！"

我觉得脸都要烧起来了。

"啊，没关系……"

独孤夜也慌张起来，他跟往常一样，僵硬地直起身子，将我放开，然后机械地转过身就要走。

"会长，你刚才不是要去这边吗？"

小雅在一旁尴尬地提醒他。

"哦，对。"

他这才恍然大悟地又转过身，从我们身边走过，走出没多远又想到什么，转过身说道："那天你在电话里说了什么，我一点都没听到，所以你不用担心。"

"啊？真的吗？"

我开心地喊道。

独孤夜点了点头，小声地说了一句："也不想听到。"

"啊？"

"没什么。"

独孤夜摇了摇头，又说："你替我给池太阳带句话，如果他做不到对我承诺的事，我不会再沉默下去。"

我和小雅面面相觑。

承诺？什么承诺啊？

看着独孤夜离开的背影，我联想到了一些东西，池太阳跟独孤夜该不会……

哈哈哈，我到底在胡思乱想什么啊？不过这两个人一定有什么见不得人的秘密，不然怎么每次见面都剑拔弩张，看得人心惊肉跳？

2

格林学院的八卦依然在继续。

没过几天我跟独孤夜的事就被传得沸沸扬扬，莫名其妙地多了好几个版本。

因为这个，独孤夜给我打了电话。

他要跟喜欢的女生正式告白，但他怕女生误会我跟他的关系，所以打算叫我过去跟那个女生解释清楚。

我一口就答应了。

要是搁在以前，我一定会郁闷好几天。但现在，我知道自己喜欢的人是太阳，而对独孤夜只能算是仰慕吧。

答应了独孤夜的事，一定要做到，况且他喜欢的那个女生如果真的误会了我们的关系，我去说清楚也是应该的。

但是——

太阳要是知道了，肯定不会让我去！

幸好最后一节是体育课，趁着老师让我们休息的空当，我打算换套衣服溜出去，这样太阳就拿我没办法了。

"童话，你要干什么？"

小雅拉住我的衣袖，小声问道。

"当然是逃课啦。"

我把独孤夜的事情跟她说了一遍，小雅马上就理解了，不过她依旧抓着我，摇了摇头说："但是，你不能走。"

"为什么？"

"其实……"小雅为难地看了看我，说，"池太阳他……他要我看着你，说你现在很危险，如果你要做什么，一定要阻止你。"

呃！

池太阳这个家伙，竟然把小雅收买了！

"你别听他乱说，我会有什么危险。"我拉开小雅，拍了拍她的肩，"好啦，我只是去帮会长跟他喜欢的女生解释清楚，然后老老实实地回家，什么事都不会发生的！"

"可是……"

"哎呀，就这样吧！"

我打断小雅，趁体育老师没注意，偷偷地溜了出去。

独孤夜喜欢的女生到底是谁呢？是我们学校的，还是隔壁女校的啊？应该长得很漂亮人也很聪明吧？

我一边想着，一边朝公交车站走去。

下了车，我看了看时间，离跟独孤夜约定的时间还有半个多小时。

哦！对了！

趁这个空当，我不如去给太阳挑一件生日礼物吧！

太阳的生日马上就要到了，这段时间他老看着我，我都没有时间准备。

看了看周围，我记得以前跟小雅来过这边，小巷子的拐角有一家装修很特别卖自制手工艺品的店子。

太阳那么挑剔的人应该会喜欢吧。

上次打破了他的咖啡杯，不如就给他买一个新的……

想到这里，我兴奋地往小巷子里奔去。

可跑了没多远，还没到巷子口，一辆面包车就停在了我的身边。车门打开，看到里面的人后，我的第一反应就是——快跑！

但是，已经来不及了。

车里的人正是上次追着浅浅不放的缺门牙小混混。

不知道他用什么捂住了我的嘴巴，我都来不及喊救命就迷迷糊糊地晕了过去，晕过去之前我还看到他露出半边门牙得意地笑着说："让你多管闲事，抓了你，池太阳也跑不掉，这次要好好给大哥报仇……"

也不知道昏迷了多久，慢慢恢复意识后，我听见了浅浅的声音。

"我把池太阳带来了，你们快放了童话！"

我睁开眼睛，看到了对面站着的浅浅，她正一脸焦急地往我这边看过来，我张嘴说话，发现自己的声音有些嘶哑。

"浅浅？"

听见我喊她，浅浅朝我这边跑过来。

才跑到一半，缺门牙小混混站了出来，一把拦住她，把她往后一推："少啰唆，池太阳在哪儿？"

"我在这里。"

我循声看过去。

只见池太阳上身穿着黑色的T恤加皮衣，下身穿着简单的牛仔裤，缓缓地从一堵破旧的墙后面走出来。

"你们是不是找死啊？"

他的眼神冰冷，浑身上下似乎带着一团黑色的气息。

这样的太阳让我都有点害怕起来。

缺门牙小混混也是一愣，眼中有些惧意，他挥动了一下手中的木棍，指向我："池太阳，你给我站在那里不要动，不然我就让她……"

话音还没落，他就被猛地冲过来的池太阳一脚踢倒在地。

其余的小混混都蒙了。

我张大了嘴，不可思议地看着这一幕。

不是吧？

就这样结束了？

当然没有！

小混混们先是被吓了一大跳，反应过来后就都扑了过来，池太阳将我一把推向浅浅。

"带她走。"

他扫了我一眼，眼神里带着一丝担心。

浅浅拉着我要走，可我怎么可能离开？小混混们手中都拿着棍棒，而太阳手无寸铁，明显落了下风。

看着木棍一下下地敲在他身上，我想也不想地就要冲过去。浅浅抓不住我，结果我被另一个小混混抓了个正着。

"池太阳，不想让她受伤的话就给我住手。"

抓住我的小混混不知道从哪里拿出一把小刀架在我的脖子上。

太阳停下了反击的动作。

"放开她！"

他犀利的目光射向小混混，小混混的手一抖，我感觉脖子一疼。

"喂，拜托你能不能有点出息，手别抖啊……"

我忍不住提醒道。

小混混恼羞成怒地对我吼道："臭丫头，你给我闭嘴！"

缺门牙小混混顶着一脸的伤，嘚瑟地说道："池太阳，你给我听好了，你要是再像刚才那样，我保证她会死得很惨！"

"你想怎么样？"

我看到太阳放在身体两侧的手紧紧地握成拳，手背的青筋都暴了出来。

"我想怎么样？"缺门牙小混混挥了挥手中的棍子，猥琐地笑起来，"当然是给我们老大报仇了。谁叫你们喜欢多管闲事？放心，你只要站在那里让我们揍一顿，等我们气消了自然就会放了她。"

"好。"

太阳一边说，一边看向浅浅。

浅浅心领神会地退了一步，转身往外跑去。

"大哥，那丫头跑了！"

一个小混混提醒道。

缺门牙小混混吐了一口口水，不屑地说："让她跑，等我们教训了这小子，再去找她算总账。"

然后，他挥了挥手。

几个小混混蜂拥而上，对着太阳拳打脚踢起来。

"不要！"

看着太阳硬生生地挨打，我感觉那些拳头和棍棒仿佛落在我的身上一般，痛得我无法呼吸。

我大声哭喊着。

眼看着太阳倒了下去，这时候突然传来警笛声。

小混混们吓得不知所措，丢下我和太阳就要跑。

"池太阳，你居然敢报警？"

缺门牙小混混似乎不敢相信，大声地质问道。

我却顾不上去搭理他。

我的眼里，只有太阳，只有他。

"太阳……"

我蹲在太阳身边，紧紧地抱住他。

"我没事。"

太阳虚弱地推开我，伸出一只手压住我的肩膀，另一只手抚过我的脖子："你流血了，我们快点去医院……"

太阳艰难地爬起来。

明明太阳伤得比较重，被人揍得鼻青脸肿的，他却仿佛没有感觉到疼痛似的，倒是先关心起我来。

"呜呜呜……"

我不由得哭起来。

"很痛吗？"

太阳担心地看着我。

"没有啦……"

我吸了吸鼻子，抹了眼泪刚要抬起头，就听见身后传来浅浅的呼喊声："小心——"

我们所在的地方是一栋废弃停建的大楼。

大楼本就因为是豆腐渣工程才被停建，再加上风雨侵蚀，破败不堪，时常有砖块掉落。

我和太阳就站在楼下的入口处。

当我听到喊声，眼角的余光早已看到了掉落的砖块，我下意识地推开了太阳，而那块砖刚好狠狠地砸在了我的头上。

在倒下去的那一瞬间，我看到了太阳惊恐的眼神。

然后……

就什么都看不到、听不到了。

我感觉自己做了一个很长的梦，在梦里一直混混沌沌的，有很多嘈杂的声音，有很多人，但他们都很模糊，我看不清楚，也听不清楚。

只有一个人的脸不停地出现。

"太阳——"

我喊着池太阳的名字，迷迷糊糊地睁开了眼睛。

"童话，你醒了？"

我感觉到有一只手正紧紧地握着我的手。

这个声音……不是太阳的？

刺眼的灯光让我的眼睛有些不适应，我举起手要揉眼睛，却发现手上扎着点滴针，只好缓缓地睁开眼睛，眼前出现的是独孤夜担忧的面容……

他的脸显得很憔悴，唇色惨白，还挂着两个大大的黑眼圈。

为什么他会在这里？

独孤夜紧紧地盯着我，让我不由得移开了目光。

"太阳呢？"

我虚弱地吐出疑问。

独孤夜的表情暗了下去，他没有回答我。

这时，小雅从门外走了进来，她看到我醒过来开心地喊道："童话，你终于醒了，太好了！"

"太阳呢？他有没有受伤？"

我又问了一遍。

"他没事。"

独孤夜说话的语气有些硬，见我又要起身，他突然生气地吼道："你自己都这样了，还关心他干什么？"

我受到了惊吓。

在我的印象中，这是他第一次发这么大的火。

独孤夜应该是高冷孤傲的，独孤夜应该是清清淡淡的，独孤夜应该是不温不火的，以上哪一种我都可以接受，唯独没见过他这样。

"我……"

我有点手足无措起来。

独孤夜觉察到自己的失控，马上恢复了冷静："对不起，你好好休息，我去叫医生过来给你检查。"

独孤夜走后，小雅才敢在我床边坐下来。

"童话，你别怪会长……"小雅帮我掖了掖被子，说道，"会长这三天三夜都在医院守着你，比阿姨还要紧张呢，你看他都有黑眼圈了！"

"三天三夜，你说我昏迷了三天三夜？"

我不可思议地问道。

"嗯。"小雅点了点头，掰着手指说，"这几天啊，闵焱、浅浅、笑颜、张家星、张唯一、田馨、涂璎珞都来看过你，你知不知道，大家可担心你了，怕你真的醒不过来……

"还有，叔叔知道你出事，就马上结束研讨会回来了。阿姨这三天三夜眼泪都快流干了，也没怎么吃东西和睡觉，叔叔刚刚带她出去吃饭了，等会儿应该就会回来了……"

"那太阳呢？他是不是也很担心我？"

这是我第三次问起太阳。

我察觉到小雅脸色突变。

"他……"小雅舔了舔嘴唇，犹豫地说，"是池太阳把你送到医院的，当时他的表情可狰狞了，后来……后来大家等着你做手术，手术虽然成功了，但你一直没有醒过来，会长把他叫了出去，然后……"

"不要再问池太阳了。"

这时，独孤夜已经领着医生走了进来，他打断了小雅的话。

小雅看了看他，抿嘴不再说话。

医生随后给我做了检查，说我已经没有太大的问题，但还要多住几天院，进行几次复查，彻底没问题了才可以出院。

可我依然心事重重。

太阳为什么不在这里？

经历了这一次的事件后，我以为我一睁开眼睛看到的那个人就会是他，我分明记得我被砸到脑袋晕过去的时候他看我的眼神，害怕失去我的那种眼神。

我以为，他也是喜欢我的。

可是……

我打电话给他，明明接通了，那头却一直没有声音，直到我哭着说："太阳，你说话啊，你怎么了？"

这时，那边却传来"嘟嘟"的声音。

电话挂断了。

究竟是哪里出了问题？

太阳他……到底怎么了？

3

直到出院，太阳都没有来看过我。

每次我问到他，小雅都欲言又止，这让我不得不怀疑太阳是不是出了什么事，所以一出院我就去了太阳家。

门卫大叔看见是我，犹豫了一会儿才放我进去。

"太阳，我出院了！"

我故作轻松，一蹦一跳地跑进门。

大厅还是像以前一样空旷，我没看到李管家，觉得有些奇怪，就一路上了楼，打算去书房找太阳。

可书房里也没有人。

难道在卧室？

我走到卧室门口，看到太阳正在收拾衣物，我的心里升起一股不安的情绪，好奇地走过去："太阳，你在干什么呀？你准备出去旅行吗？"

太阳的身体僵了一下，然后，他慢慢地直起腰，转过身来，很平淡地说："不是，我要回第五学院了。"

"什么？"

我不敢相信地看着他。

"你以后都不用过来了，协议终止了。"

太阳偏了偏头，似乎不想看见我。

"为什么？为什么？"我重复地问着为什么，心里很慌，"你不是很需要我吗？如果我不在你身边，你不就会看到别人的未来吗？你不是很讨厌这样吗？"

"没错。"太阳把手上拿着的衣服丢进行李箱，对我吼道，"我以前是很需要你，但你老是给我惹麻烦，因为你，我不知道做了多少愚蠢的事，我不想再看见你了，我不想再留下来给你处理那么多的麻烦了，听懂了吗？"

"不可能，不可能的……"

虽然亲耳听到，但我还是不相信这些都是太阳说的："我以为你对我……你怎么会觉得我是麻烦呢，我以为你是喜欢我的啊……"

"你也太自作多情了。"

太阳停了一下，我见到他的拳头握得紧紧的，他故意盯着我说："我只是在利用你而已。"

"你……"

我觉得我的世界在崩塌，嘴唇颤抖着再也说不出一句话。

他说他只是在利用我，他从来没有喜欢过我……

"少爷，车已经……"

这时，李管家走了进来，看到这样的场面，就要退出去。

"李管家，你不要走。"

我喊住他。

"我不相信你说的话，一定是发生了什么事你才会故意这么对我的，是不是？你让我亲一下，我自己去看。"

说完，我就要去亲太阳。

可太阳马上向后退了几步，脸色有些苍白，他用一只手用力地撑着床沿："你不要过来，我不准你再靠近我！你给我惹的麻烦还不够多吗？我不想再看到你，你走吧，听到没有？"

"太阳……"

我停下脚步。

"童小姐，你还是走吧……"

李管家为难地说。

而这个时候，太阳竟然拿出了当初我们签的那份协议，他当着我的面一把将协议撕了个粉碎："现在我们什么关系都没有了，我再也不想看见你这个麻烦精，如果你再不走，我会叫保安进来。"

"对，我就是麻烦！"看着偏过头，一眼都不想再看我的太阳，我抹了抹眼泪，对着他大喊，"我这个麻烦马上就走，以后我再也不会来找你了！"

说完，我激动地转身往外跑去。

呜呜呜……

太阳真的不要我了！

难道真的是我太喜欢多管闲事，给他招来太多的麻烦，所以他开始讨厌我了吗？

可我明明感觉到他是喜欢我的啊！

童话，你果然是个没眼力见儿的白痴，竟然把讨厌看成了喜欢！你就是个不折不扣的大笨蛋！

我哭着跑回家时，在门口遇见了独孤夜。

他站在大树下，阳光透过树叶的缝隙一点点洒在他的身上，他如同带着光圈的天使，只是他挂着一脸严肃的表情……

"会长？"

好丢脸！

让他看到我这么狼狈的模样！

我伸出手用力地擦了擦脸上残留的眼泪，对着他笑了笑："你怎么会到我家来啊？有什么事吗？"

"你哭了？"

独孤夜走到我面前，右手朝我的脸伸过来。

"啊，没有。"

为了躲避，我下意识地偏过头。

独孤夜的手悬在半空中，显得很尴尬，我也不知所措起来："会……会长，你要去我家坐坐吗？"

学生会会长家访，这在学校有先例吗？

"不用了。"

独孤夜将手缩回去，背在身后，看着我的目光有些闪烁："其实我来，是有一件很重要的事，一定要跟你说清楚……"

他很紧张。

我看得出来，因为他的额头上都冒汗了。

哦，我知道了！

我猛然想起，在我被那群小混混抓住之前，我本来是要去帮独孤夜跟他喜欢的女生解释的，也不知道我没去，他的告白成功了没有？

不过，看他这么紧张，应该是没有成功吧。

"我知道你要说什么啦。"

"你知道？"

独孤夜一惊，身体颤抖了一下。

"会长，没关系啦。"我拍了拍他的肩膀，安慰道，"一次告白没有成功不代表就失败了，我答应你，一定会找机会好好跟她解释，你再努力一点，肯定会成功的……"

"童话！"

独孤夜突然打断了我。

他的声音很大，把我吓得一愣。

"你不想知道我喜欢的那个女生是谁吗？"

独孤夜好像一下子失去了冷静，他急躁地伸出手抓住了我的手臂，用急切的目光看着我："我不想再继续这样下去了。"

"会……会长，你到底怎么了？"

我缩了缩脖子，尽量拉开我们之间的距离。

他一点也不像平时的独孤夜，难道……因为我没去跟那个女生解释，导致会长告白失败，他受不了打击，精神崩溃了？

不会吧？

"对不起，吓着你了。"

独孤夜终于意识到了自己的失态，连忙放开了我。

他从口袋里掏出一条手链，我定睛一看，觉得好熟悉，正是我第一次遇到独孤夜时在食堂不小心弄丢的那条。

过了那么久，手链上的银色星星都已经褪色，看上去毫无美感。

手链是我和小雅在路边摊买的，不值什么钱。当时，我回食堂找了找，没有找到就没有再留意了，没想到会被独孤夜捡了去，但是褪色褪成这样的手链，他为什么还一直留着……

就算我再迟钝，也突然明白过来。

"会长，我有点头痛，先……"

我倒退了几步，想溜之大吉。

拜托，千万不要在这个时候……

"不要走，今天我一定要说出来。"

我没能如愿，独孤夜一把抓住了我的手，让我不得不回头看着他。他看我的眼神那么认真，让我恨不得找个地洞钻进去。

"童话，从第一天见到你开始，我就喜欢上你了。"

独孤夜的声音依然那么低沉好听，他的手心全是汗，让我不知所措起来。

"会长……"

"七岁那年，由于我的失误，让五岁的妹妹走失，隔天看到的却是她冰冷的尸体，从那以后我就把自己封闭起来，跟任何人都保持适当的距离……可那天，当你对着我笑，我竟然开始有了想要亲近一个人的想法……"

独孤夜紧紧握着我的手，深深地望着我："我知道你就是那个拯救我的人，但我不敢接近你，只能远远地望着，我怕一接近你，你也会像妹妹那样消失不见……我害怕一接近，就会失去……"

我听着独孤夜的告白，眼泪又忍不住掉了下来。

是啊，曾经我也是这样喜欢着你，远远地看着就觉得很满足，可是……从什么时候起，我不再看着你了呢？

如果当初一直看着你，会不会就不至于落得今天这么狼狈的局面？

"直到池太阳出现……看着你在他身边不停地受伤，我再也忍不住了，这么久以来，我一直守护着的你从来没有受过一点伤，凭什么他一出现就给你带来那么多灾难……我绝对不会让他再伤害你！童话，从今以后我要站出来保护你……"

独孤夜的情绪越来越激动。

"会长，我……"

我不知道该说些什么。

我的脑子很乱，这个时候我根本不可能冷静地给他答案。

就在我犹豫该怎么跟独孤夜说的时候，他突然拉了我一把，我就这样跌进了他的怀里。

他紧紧地抱着我，好像生怕我会消失一般。

而就在这时，我看到了不远处站着的池太阳。

多么戏剧性的一幕啊！

我僵硬地被独孤夜抱着，跟池太阳就那样四目相对，我看到了他眼睛里那一闪而过的失望、痛苦以及各种我读不懂的情绪。

然后，他收回了目光。

我看到他转过身，坐进了车里，再也没看过我一眼。

车开走了。

"会长，对不起！"

我用力地推开了独孤夜，也不管他是什么表情。

现在的我，只想躲进卧室，把自己蒙在被子里，好好地想明白，好好地哭个痛快。

第八章

CHAPTER 08

属 于 她 的 我 的 未 来

1

太阳真的走了。

第二天，我去了他家，发现早已人去楼空。

他真的就这么不想看到我吗？

不是说让我好好地待在他身边吗？不是说只有我能帮他屏蔽预知未来的能力吗？不是说让我寸步不离吗？

现在我什么都不是了吗？

太阳走后，我才发现，他不在的每一天我都觉得好难过；我才发现，我已经习惯了陪在他身边，我已经习惯了有他的日子……

不行！

童话你不可以这样，你干吗要因为那个家伙难过呢？

你难过有什么用，他根本就不会在乎，他只不过当你是一个好用的屏蔽器，不想要了就把你丢弃了！

哼！该死的池太阳，不理我就不理我！

他以为自己是谁啊，当初要不是他不择手段地把我留在他身边，我才不会搭理他呢！

大坏蛋，过河拆桥，简直太可恶了！

他最好从此以后再也不要出现在我面前！

206

我一个人坐在街边的长凳上生着闷气。

"童话——"

小雅清脆的声音远远地传来。

她看我这些天一直闷闷不乐，就跟我约好一起出来逛街散心，我知道她有多担心我，所以……

今天一定要表现得开开心心的！

我连忙收起低落的情绪，揉了揉脸颊，咧嘴笑着跟小雅挥手："小雅，我在这里，我在这里！"

等小雅走近了，我才发现她身边还跟着一个人。

天气这么热，他戴着帽子和墨镜就算了，还戴着口罩，一看就知道是谁。

我嘟着嘴，不高兴地说："喂，大明星，我跟小雅逛街你也要跟，你是生怕粉丝认不出你来吗？我们还能不能愉快地玩了？"

"对不起啦……"小雅抱歉地看了看闵焱，说道，"他一定要跟着我来，我也没办法，我都说了你是因为池太阳……"

说到太阳，我的心情又低落起来。

观察到我表情的变化，小雅连忙捂住嘴巴，说道："啊，对不起，我不应该提到……闵焱，你说句话啦！"

她用手肘推了推闵焱。

"我要说什么。"

闵焱耸了耸肩，一副无所谓的样子，俯身拍了拍我的脸："小童话，在我闵焱这张帅气的脸面前，你还想着其他人，我真是太失望了……"

"呃，你也太自恋了吧！"

我对着他翻了个白眼。

见我恢复了元气，小雅过来挽住我的手臂："好啦，童话，我们先去逛街吧，闵焱说要带我们去一家超级好吃的餐厅哦！"

但是，有闵焱这个发光体在，我和小雅怎么可能安心地逛街？

才逛了没多久，闵焱就被眼尖的粉丝认了出来，我们开始了大逃亡，好不容易才找到一个街角小店躲了起来。

这是一家奶茶店，店面很小，生意也不太好。除了我们，只有后来紧紧跟着我们进来的三个穿着大大的黑色风衣、戴着墨镜的男人。

我有些紧张地看过去，只看到走在前面的两个人的模样，看起来都是三十多岁的大叔，不太像粉丝，我这才放下心来。

等我想瞟一眼他们身后的那个人时，小雅的嗜睡症发作了。

看了看沉沉睡着的小雅，我拍拍额头，不得不对闵焱伸出手："把你的帽子、口罩，还有上衣外套给我……"

"你想干吗？"

闵焱疑惑地看了我一眼。

"当然是我先假扮你引开那群粉丝，不然小雅睡成这样，你怎么带她走？"

我无奈地说道。

"就你那身高……"闵焱嫌弃地打量着我，摇了摇头，"童话，我可不想明天娱乐新闻头条说我变成了三等残废。"

岂有此理！

闵焱这讨厌的家伙，每次都喜欢暗地里讽刺别人！

"快点啦！"

我看了看朝店内窥探的几个粉丝，伸手抢过闵焱头上的帽子。

"等下我从前门跑出去引开她们，你带着小雅从后门走。这些粉丝那么疯狂，才不会那么快注意到我的身高呢……"

"可是……"

闵焱好像在考虑什么，他有意无意地往一个方向看了看，大声地说道："我怕你有什么危险……"

他到底想干吗？喊那么大声生怕外面徘徊的粉丝听不到吗？

"你小声点！"

我急忙用手去捂他的嘴，没有注意到这个姿势让我跟他显得很暧昧。

"啪——"

我听见小店的一边传来东西掉落的声音。

我正要看过去，闵焱已经把墨镜和口罩往我脸上戴，又把他的外套披在我身上，在我耳边说道："有粉丝要进来了，快跑！"

"嗯嗯。"

我往外看了看，果然有几个粉丝探头探脑地要走进小店来，于是，我冲到店门口，打开门撒腿就跑。

也不知道跑了多久，快要筋疲力尽的时候我才停下来。

我气喘吁吁地探头往后面看。

奇怪！

刚才一群人还紧紧地跟在后头呢，怎么我转了个弯就不见了？难道她们发现我是假冒的闵焱了？

算了，就算发现了又怎么样，闵焱应该早就带着小雅离开奶茶店了！

我开心地拍了拍手，准备回家去。

尽管没跟小雅好好逛街，但被这么一搅和，我的心情好像真的好了不少，就连脚步都轻快起来。

时间还早，这个时候回家也是一个人，我实在不想一个人待在家里，特别是打开窗户就能看见对面的那栋别墅，那栋已经空无一人的别墅里装满了我和太阳的回忆……

哎呀！

童话，你怎么又想起那个家伙了！

我拍了拍脑袋，决定把池太阳暂时抛在脑后。

然后，我一个人去电玩城疯狂地玩了一阵电动游戏，又去商场试了很多衣服，最后还跑到电影院独自看了一场电影。

虽然看的是恐怖片，但我竟然没出息地想起了池太阳，想起那天他拉着我的手一起看动画片的时候，他看着银幕的认真模样，从嫌弃我吃爆米花到自己停不下来的样子……

如果没有了我，他是不是再也不会看电影了？

结果一场恐怖电影，我看得眼泪直流。

我一边往嘴巴里塞着爆米花，一边哭着骂道："呜呜呜，池太阳，你这个讨厌鬼，你还我的恐怖片……"

身边的一对情侣用异样的目光看着我。

"白痴。"

突然，身后一个熟悉的声音响起。

我擦了擦眼泪，往身后看了看。

不是池太阳。

是一个长相严肃的大叔。

呃，我怎么觉得好像在哪里见过他？

我正在疑惑的时候，被他瞪了一眼，大概是我挡住了他的视线，我只好转过身。

是啊，我真像个白痴！

我为什么会觉得池太阳在这里呢？

我甚至还隐隐约约地感觉到，刚才一路上都有人在跟着我，而那个人可能是池太阳……

我果然还在期待他的出现，期待他像平常一样，皱着眉头出现在我面前，用冷冷的声音对我说："白痴，你忘记了吗？你只要老老实实地待在我身边就行了……"

可是，池太阳他……再也不会出现了。

再也不会！

看完电影出来已经很晚了，老妈打来电话催我回家吃饭。

下了公交车后，我还要经过平常走的那条小巷子，本来没有认真看的恐怖片镜头这个时候偏偏全在脑海里浮现出来。

"吧嗒吧嗒……"

寂静的小巷子里响起脚步声。

除了我的以外，还有另外一个人的。

我的脚步越快，那个人也跟着加快，我停下脚步，那个人也跟着停下来，这么走走停停，我已经被吓得出了一身冷汗。

救命啊！

我干脆站在原地，脚步都移不动了。

见我站在那里不动了，身后的人好像不耐烦起来，我听见了他原地踏步的声音。

"呼——"

我深吸了一口气，僵硬地转过身去。

我看见一道黑色的身影在我转过身的一瞬间躲进了小巷子的拐角处。

"太阳？"

我下意识地喊道，追了过去。

拐角处那个高大的身影背对着我，我几乎想也没想就冲了过去，从背后抱住了他："太阳，我就知道你不会丢下我的……"

"我不是池太阳！"

声音响起来的时候，我吓了一大跳。

"你是……会长？"

我尴尬地放开手。

独孤夜慢慢地转过身来，透过微弱的路灯光，我隐隐能看到他愠怒的表情，真的是他！

他抓住我的手，激动地看着我问："你为什么还是想着他？"

"我……"

我有些无奈。

"童话，你这几天都没有笑过，看到你这样，我真的很难过。你知不知道，我最希望看到的就是你的笑容。不要再想他了，我会好好地守护你的……"

独孤夜突然压低了声音，目不转睛地看着我，他伸出手想要抚摸我的脸颊，我愣住了，忘了躲开。

"走开！"

对面的灌木丛里突然响起一声低吼，让我和独孤夜都吓了一跳。

"谁在哪里？"

我声音颤抖地喊道。

巷子拐角处的对面正好是一个废弃的花坛，因为没人打理，那里早就杂草丛生，大概有半米多高了。

"你站在这里别动。"

独孤夜拦住我，独自一人前去查看。

"喵——"

就在这时，一只白色的猫咪从灌木丛里跳了出来，不，与其说是跳，还不如说是被人扔出来的，那只猫一跃，恰好被独孤夜接了个正着。

然后，我看到独孤夜站在那里一动也不敢动了。

"童，童话……"

独孤夜的声音明显在颤抖。

"怎么了，会长？"

我走过去，恰好看到他扭曲的表情。

他神色不安，结结巴巴地说："你能不能把它从我身上拿开？"

"会长，你竟然怕猫？"

我明白过来，扑哧一笑，将猫从他怀里抱过来。

212

独孤夜如释重负地松了一口气，看到我的笑脸，他的表情也微微舒展开来，开心地说："你终于笑了。"

"呵呵，放心吧，我以后再也不会为了池太阳那个家伙伤心了，我要彻底忘记他，把他忘得干干净净！"

我像是在对自己发誓一般，信誓旦旦地说。

刚说完，灌木丛那边又传来哗啦啦的声响，像是有人生气地抽打草木发出的声音。

我和独孤夜还没来得及反应，猫咪就"喵"的一声往灌木丛里跳去，像是要……报仇？

猫咪跳进灌木丛后，那里传来一阵嘈杂声。

"该死的，你一只野猫竟敢抓本少爷……"

这个声音……

我惊喜地往灌木丛走过去："太阳——"

才喊了一声，嘈杂声就消失了，然后我看见一个人影一闪而过，往灌木丛的另一边飞快地跑去。

虽然巷子里的灯光很暗，那个人又穿着黑衣黑裤，但我可以肯定，那个人就是太阳，就是他！

我失望地看着他消失的背影。

我现在几乎可以肯定，今天一路上跟着我的是他，而不是独孤夜。

他为什么要偷偷地躲起来？为什么宁可跟着我也不愿意跟我面对面说清楚呢？到底发生了什么事，让他要这样躲着我，还对我说了那么难听的话？

"童话……"

独孤夜从身后轻轻地喊我。

我深吸了一口气，回过头咧嘴笑道："会长，那个人好奇怪哦，肯定是小偷啦！他躲在那里，脸被猫抓花才好，哈哈哈……"

独孤夜只是看着我，不说话。

我撇撇嘴，强装笑脸我还真做不来，于是只好收回笑容："会长……时间不早了，我要回去了，你也赶快走吧！"

"好，我看着你走到家门口就回去。"

独孤夜没有再说什么。

2

"他跟踪你？池太阳为什么要跟踪你啊？"

"我觉得他可能想保护你……"

"那他可以说出来啊，他如果真的想保护童话，没必要先把童话甩开，又偷偷摸摸地再来保护她吧？"

"……"

小雅、浅浅，还有笑颜三个人你一言我一语，叽叽喳喳地吵得我头都大了，本来是想叫她们三个给我出主意，现在倒好……

"不要吵啦！"

我打断她们，咬着老妈给我做的手工山楂片，想了想说："我觉得太阳一定是遇到什么问题了……"

虽然那天太阳的态度很不好，但我还是能看出他的犹豫，他说话的时候甚至一度不敢直视我，要不是我当时太气愤太伤心，也不至于没注意到……

"什么问题？"

三个人齐声问道。

"我也不知道。"

我摇了摇头。

"不如这样吧……"浅浅转了转眼珠，凑过来说，"既然他不肯出现，又跟踪你，童话你干脆假装自己病得很重，躺在医院里，到时候看他出现不出现……"

"这样不好吧？"

笑颜不赞成地说。

"有什么不好的，我觉得这个办法有用。"

小雅似乎很赞成浅浅的主意，她添油加醋地说："童话她老爸医院的同事都那么喜欢她，到时候让她撒撒娇，假装说是戏剧社在拍短剧要他们配合，然后我们几个就夸张地哭成一团，保证池太阳忍不住现身……"

"万一太阳他不来呢……"

我犹豫起来。

我其实是在害怕，害怕自己全都猜错了。

万一太阳真的只是把我当成人肉屏蔽器，一点都不喜欢我怎么办？万一一直以来都是我在自作多情怎么办？

但最后我还是没能抵挡住"诱惑"，决定假装生病骗太阳一次。

医院病房。

我盖着被子，把自己的头蒙得结结实实的，等着太阳的到来。

"小雅，他真的会来吗？"

我探出头，看着一旁剥开橘子吃得正欢的小雅。

"会啦，浅浅已经打电话给他了，说不定他马上就出现了。你快闭上眼睛，免得穿帮了。"

她一边吃橘子一边嘟囔。

"喂，你吃得这么开心，导致穿帮的是你才对吧。"

这丫头还说我！

"呵呵，这橘子真的很甜啊，是闵焱他奶奶自己种的哦，不信你试试看。"

小雅往我嘴里塞了几瓣橘子。

刚开始我是拒绝的，我现在这心情，哪能安心吃橘子啊，可是，我还是改不了吃货的本性。

真甜！

我尝过后就无法抗拒了，伸出手把剩下的几瓣橘子全抢了过来："臭丫头，你现在开心了，有了他奶奶的支持，你们可以安心在一起了……"

虽然小雅的记忆还没恢复，但闵焱说最初就是他父母极力反对，再加上两人出了车祸，小雅的父母觉得自己的女儿受到伤害，就答应了闵焱父母的计划，才导致两人分离和误会。可自从闵焱奶奶见了小雅后，喜欢得不得了，她说的话，闵焱的父母又不敢反驳，所以就任由他们俩在一起了……

看着小雅每天都很开心的样子，我也替他们高兴。

就在我享受美味时，门外响起了脚步声，还有池太阳的声音："她为什么会突然病倒？这根本不可能……"

"他来了！"

小雅喊道。

我慌忙闭上眼睛，嘴巴里嚼着的橘子想吐也来不及了，只能把嘴巴紧紧闭上，躺在床上一动也不敢动。

病房门被推开了。

我听到了小雅夸张的哭声："呜呜，童话，你快点醒醒啊！你要是死了我怎么办？我不能没有你啊……"

她一边哭一边激动地扑到了我身上。

呃——

小雅，你该减肥了！

"童话……"

我听到了太阳低沉的声音，感觉到他在我身边蹲了下来，他正凝视着我，他急促的呼吸声让我忍不住想要睁开眼睛。

不行啊！童话，你要坚持住！

"不可能的，你不可能生病的啊，你还要跟我在一起，你会牵着我的手一起去看电影，一起去游乐场，最后才会发生……"

我感觉到他的手抚摸着我的发梢，说到这里的时候顿了顿，语气又焦急又担心："你不可能躺在这里的，我离开你就是为了保护你啊，为什么我离开了还会这样？厄运不是应该反噬在我身上吗？为什么……"

他在说什么啊？厄运反噬？我怎么都听不懂呢？

我好想睁开眼睛向他问清楚。

我忍不住动了动。

小雅看出了我的想法，马上又扑到我身上，夸张地拍打着我："呜呜，童话都是为了你，因为你说了那些伤害她的话，她心里难过得要死……"

"啪——"

小雅一巴掌刚好拍在我的肚子上。

我被她拍得很痛，嘴巴忍不住张开了。

"臭丫头，你根本没有病吧！"太阳很快发现了我的异样，一把将我从床上拉了起来，"该死的，你们几个竟敢骗我！"

"我……"

我被逼无奈，只好睁开眼睛，捂住嘴巴，低着头小心地把橘子全咽了下去后才小声说："对不起嘛，谁叫你莫名其妙地丢下我，不肯见我……"

"你！"

太阳被气得火冒三丈，指着我半天说不出一句话来。

"你告诉我，你到底为什么要那么对我，还突然离开？你明明那么关心我，还偷偷跟踪我……"

我拉住他的手，可怜巴巴地看着他。

"谁跟踪你了？你也太自作多情了。"

太阳压下怒火，用力地甩开我的手，恢复了冷冷的眼神。

"我告诉你,我就是讨厌你,不想见到你,以后你不要再做这样的事了,我已经厌倦了你这么麻烦的人,你……你的死活跟我一点关系都没有……"

说完,他毫不留情地转身走出了病房,还摔上了门。

"池太阳,你这个浑蛋!"

看着他离开的背影,我再也忍不住哭着怒吼道。

刚刚他蹲在病床边,他的手拂过我的发梢时,我明明感觉到了他对我的感情,为什么他偏偏要说出这么绝情的话?

呜呜呜,为什么?

我再也不想跟他说话了,再也不要理他了!

3

三个月后。

我一边咬着笔头,一边对着窗外发呆。

池太阳,他还好吗?

那天以后他真的转学回了第五学院,从此以后我就只能从别人口中听到他的消息。东区跟西区并不远,我却觉得我和他中间隔着一条银河,我们也许从此再也不会见面了吧……

"不好了,不好了!"就在这时,小雅拿着手机匆匆忙忙地跑进教室,一边跑一边喊道,"童话,你有没有看新闻,池太阳得了很严重的病,突然心脏衰竭,医生们都找不到原因,束手无策……"

"什么?"

我震惊地站起来,手里的笔掉在地上。

怎么会这样?

我想都没想就往外跑去,却被小雅拉住了:"喂,要上课了,你去哪里啊?"

"我要去找他。"

我激动地喊着，甩开小雅的手往外跑。

才跑出教室我就跟独孤夜撞了个满怀，我顾不上那么多，绕开他要跑，却被他拦腰抱了起来。

"会长，你干什么？你快放我下来呀，我要去找太阳……"

"我不会让你去的。"

独孤夜说着，扫了一眼围观的同学，就抱着我一路来到他的办公室。

我被他丢到沙发上。

我挣扎着爬起来，又想要跑，却被他抓住又一次扔回沙发上，他俯身过来，干脆地将我困在沙发和他之间。

"会长，太阳生病了，你就让我去看看他吧！"

我红着眼眶，用乞求的语气喊道。

独孤夜的眼神有些动摇，他看了我许久，最后还是摇了摇头："不行，我答应过他，不会让你再接近他。"

"为什么？"我不解地看着他，紧张地抓住他问道，"你去见过他是不是？他跟你说了什么？他到底怎么了？"

"他……"独孤夜顿了顿，在我身边坐下来，犹豫地说道，"童话，我并不想告诉你，我宁愿自己更自私一点，但是我真的不愿看到你难过，这几个月你都不曾真的开心笑过，我知道就算我继续隐瞒下去，把你留在了我身边，你也不会真的喜欢我……

"其实我跟他谈过很多次了，看到你在他身边一次又一次受伤后，我就跟他谈过。我告诉他我喜欢你，但他只是说考虑几天，几天过后你依然在他身边，直到那次你被掉下的砖块砸到头昏迷不醒，他的态度突然有了一百八十度大转变，他竟然答应我不再见你，并且让我好好地守护你，不让你再受到任何伤害……"

听着独孤夜的述说，我忽然想起了我在人工湖跟丢他和太阳那次。

……

太阳跟独孤夜谈完话回来——

"看着我。"

他用手扣着我的头顶，一用力，像转西瓜般把我的头转了过去，认真地问："告诉我，你还喜欢独孤夜吗？"

"啊？"

他问这个是什么意思？

见他一直盯着我，我有些不知所措起来："他不是喜欢小雅嘛，我喜不喜欢他有什么关系，反正他也不会喜欢我……"

"所以，你的意思是，你还喜欢他？"

池太阳眯着眼睛，眼神冷下来。

"呃……"

喂！

少爷，你的理解能力真是超凡啊，我哪句话这么说了？

"我其实……"

我也不知道自己怎么了，竟然想要跟他解释，可他面无表情地打断了我，对司机大叔喊道："待会儿在童话家门口停一下。"

"你要去我家吗？"

我惊讶地问。

他看也不看我，冷声说："不是，今天你不用去我家了，这几天都是，等我需要的时候再跟你说。"

……

怪不得当时他会突然那样，原来是独孤夜告诉他自己喜欢我，所以……

他当时是在吃醋吗？

而且按照独孤夜所说，太阳真的是为了保护我，害怕我在他身边又受伤才会转变态度，故意离开我的……我猜得一点也没错！

"但前几天，我忽然听到他生病的消息，觉得事情很蹊跷，就亲自去逼问他，如果他不告诉我实情，我就不会安心地照顾你……他便把所有的事情，包括他可以透过别人的眼睛预知未来以及你为什么会跟他在一起的事都告诉了我……"

"他都告诉你了？"

我隐隐地觉得事情不妙。

"他说，当时砖块砸中你的时候，他不知道为什么忽然在你眼中看到了未来的一些画面，他看到你在他身边，他眼睁睁地看着你被大火吞噬。为了能够改变这个未来，他决定离开你，如果你们不在一起，就可以改变未来……"

我突然明白过来。

"我知道了，他是为了救我才离开我的。"

说完这句话，我就泣不成声。

我紧紧地握着拳头，捏得自己生疼："但是他主动离开我，想要改变未来，灾难就会反噬降临到他身上，让他突然生起怪病来，就像我当初为了改变未来做了那么多事从而老是受伤一样……"

独孤夜点了点头。

他伸手要替我擦眼泪，却被我躲开了。

"会长，请你不要再拦着我了，我一定要去找他！"

我站起身来，露出坚定的目光。

"我终究还是要失去你……"

独孤夜的手悬在空中，说话的时候如同没有灵魂的躯壳，声音轻得几乎难以听见。

"对不起……"

除了这个，我不知道自己还能说什么。

这一次独孤夜没有再拦我，他还帮我准备了车，让司机送我来到了太阳所在的医院。李管家看到是我之后，让门口的保安退开。

我慢慢地走到病床边。

太阳虚弱地躺在床上，脸色惨白，戴着氧气罩。病房里安静得只能听到机器嘀嘀的声音。

李管家告诉我，他每天清醒的时候只有一两个小时，平常只能靠输液来维持基本的营养需求，医生们都束手无策，找不到类似的病例，所以连手术都不知道该如何进行。

以前我受伤时，他老是说那是改变未来遭到的厄运，我从来都不信他，有时候还会跟他顶嘴，但我没想到厄运真的会这么厉害，难道……

我们真的无法改变未来吗？

"呜呜呜，池太阳，你醒一醒，我不会让你死的，你快点好起来，听到没有？"

我趴在他身边，紧紧地握住他的手，眼泪啪嗒啪嗒地掉个不停。

"我才不要你替我去死呢！你以为这样就很伟大吗？你考虑过我的感受吗？你这个自高自大、脾气又坏、自以为是的家伙，你快点醒来啊，呜呜……"

但是，太阳依旧躺在那里，一动也不动。

看到太阳这样，我觉得自己的心像撕裂一般疼。我静静地看着他，心里早就打定了主意。

不管未来怎样，我都要跟太阳在一起！

为了守着太阳，李管家给我安排了VIP病房旁边的房间，我每天都守着太阳，他清醒过来时，我就躲起来不让他看到。因为他看到我，肯定又会固执地赶我走，说不定还会影响病情。

就这样，我跟太阳玩起了躲猫猫的游戏，过了大概一个星期，太阳竟然真的奇迹般地好起来。

"李管家……"

我站在走廊上朝病房门口的李管家招手。

今天是太阳出院的日子。

　　我跟李管家约定好，他会派车来接我，我偷偷跟着太阳一起回家，继续在他身边待着，直到他的身体完全好起来为止。

　　"童小姐，有两辆车在下面，你坐后面那辆，我会安排少爷坐前面那辆。"

　　李管家看到我后，走了过来，小声说道。

　　"好。"

　　我提起行李袋去乘电梯。

　　偏偏电梯突然坏了一台，只有一台正常运转，我等了半天，那台电梯都没上来，这时太阳已经朝这边走了过来。

　　"李管家，母亲她真的答应了跟父亲复婚吗？"

　　"是的，夫人已经在来的路上了，她会亲自来接你回去……"

　　"谁要她来接我？李管家，这几天你真的没有给我安排女看护？为什么我迷迷糊糊的时候总听到一个女声……"

　　太阳的声音已经越来越近了。

　　天啊！我要往哪里躲，这里根本没有可以躲藏的地方啊！

　　情急之下，我只能戴上衣服上的帽子，又掏出一块围巾把自己的脸遮了个结结实实。而这时，"叮咚"一声，电梯终于到了。

　　电梯门一打开我就往里面跑去，还用力地按关门键。

　　可是已经晚了！

　　一只脚伸过来，挡住了要关上的电梯门。

　　太阳就那样大大咧咧地走了进来。

　　李管家看到了我，紧张地望了我一眼。

　　幸好太阳只是微微扫了我一眼就转过身去，问了一声："大妈，你去哪层？"

　　岂有此理！

　　你才是大妈呢！

　　我气呼呼地用仅露出的两只眼睛瞪他，又怕露馅，只能捏着嗓子回答："小伙

223

子，我也去一楼，谢谢。"

太阳没说什么，按了一楼。

电梯缓缓下降。

不知道是不是我的错觉，气氛变得古怪起来。

我一心只盼着电梯能快点到。我站在角落里，空调对着我吹，害得我鼻子痒痒的，最后忍不住打了一个喷嚏。

就在这时，太阳忽然转过身来。

"少爷——"

李管家惊呼道。

太阳猛地走近我，一把扯下我的围巾，一只手将我困在他与电梯壁之间，狠狠地盯着我："我就知道是你！我不是警告过你不要再出现在我面前吗？我到底要跟你说多少次？我不想看到你，我非常讨……"

"你不用装了，我都知道了。"

我平静地说。

他愣了一下，显得很慌张，但马上又换上冷冷的表情："你知道什么？你知道了还要来，你是真的想死吗？"

"那你要我看着你死吗？你怎么那么自私，你这个自以为是的家伙？你以为你死了我就能好好地开心地活着吗？"

我再也忍不住，对着他吼道。

"你……"

这时，电梯门打开了，一个穿着时尚的中年女人惊讶地看着我和太阳："太阳，你们在干什么？"

她就是太阳的母亲，这几天我见过她几次。

太阳看到她后，突然推了我一把，将我丢出了电梯，我踉跄了几步摔倒在地。

"我是生是死关你什么事，多管闲事，你给我走开！"

说完，他故意转过头去不看我，倔强地往外走去。

"太阳——"

太阳的母亲喊他，他也不回头。

她也不生气，突然笑了笑，回过头看着我："童话，我已经帮你把学籍转到第五学院了，如果你在这边没地方住，不如就来池家给太阳做贴身女佣吧，薪水方面我们不会亏待你的……"

呃！

为什么我觉得她跟太阳简直一模一样，两个人看起来都好会算计！

我当然知道她在算计什么。

太阳是为了我才变成这样的，李管家肯定告诉了她，为了太阳着想，她肯定希望我能留在他身边。

但我什么都没想就答应了她的提议。

所以，当天晚上，她让李管家安排我住进了池家——当然是在太阳不知情的情况下。我总算睡了一个安稳觉。

4

"嗨，太阳！"

第二天我一大早就起了床，跑到太阳的卧室外面，见房门开着，就迈步进去了，结果看到他正在脱衣服！

"啊——"

我尖叫起来。

太阳咒骂着把衣服丢过来盖住了我的脑袋。

"你给我闭嘴！"

太阳穿好衣服，见我还在尖叫，走过来一把拿开盖在我头上的外套，捂住了我的嘴。

所以，当家里所有的仆人，包括李管家跑过来时，我跟太阳就那么暧昧地贴在一起，他的手正放在我的嘴巴上。

"少……少爷？"

李管家惊恐地看着我们。

"她怎么会在这里？"太阳马上拿开了自己的手，皱着眉头指着我说，"李管家，你马上把她给我赶出去，我不想看到她。"

"可是……夫人说，让她留在这里给你当贴身女佣。"

李管家斟酌着字眼，小声说道。

"什么？"

太阳显然很生气，把外套往地上一扔："本少爷我不需要！总之你马上把她给我赶出去听到没有？"

"少爷，我没有这个权力，因为她是夫人安排的……"

太阳狠狠地咬牙，一副无可奈何的样子，他瞪了我一眼，似乎想到了什么主意："算了，你不走我走。"

说完，他就往外面走去。

"少爷，你要去哪里啊？"

在李管家的眼色下，我连忙跟了上去。

"你不要跟来！"

"我当然要跟着你啊，我是你的贴身女佣嘛……"

我厚着脸皮拉长了声音。

太阳气极了，但又甩不掉我，再加上我也转到了第五学院，又有他母亲和李管家的支持，他只能每天被我吃得死死的。

这天，为了躲开我，太阳叫上李管家一起去看画展。

当然李管家早就跟我说了，太阳打算进展厅后就从后门溜走，把我甩掉。

看吧，全都是我的眼线，想逃可没那么容易！

我形影不离地跟在他身后。

"喀喀——"

走到半路，我故意干咳了两声，跑过去挽住了太阳的手臂："少爷啊，这里人这么多，为了让你的眼睛清净，我看我有责任抓住你的手哦……"

"你快放开！"

太阳想要甩开我，却被我紧紧抓住了。

显然，他没有想到我会这么厚脸皮。

看逃不掉，他干脆拖着我直接走到男厕所旁，对我说："我现在要去厕所，难道你也要跟我进去吗？"

"呵呵，不用了。"

我摇了摇手。

太阳进了厕所，我则站在门口等他。

等了很久他也没有出来，倒是站在不远处的李管家突然满头大汗地蹲了下去："哎呀，我的肚子好痛——"

呃！

他不是我这边的吗？这是为了帮太阳而骗我走吗？

但看他痛苦的样子，我又担心是真的，只好跑过去问他："李管家，你别骗我啊，你真的肚子痛吗？"

"当……当然，我这么大的人了，还能说谎？"

他捂着肚子痛苦地看着我，额头上还有汗珠掉下来。

我连忙扶住他："那我送你去医院吧，如果是阑尾炎就糟了！"

我回头看了看厕所的方向，池太阳还没有出来……

算了，这几天我都跟他在一起，应该不会出什么事吧？

我扶着李管家快要走到展厅门口时，突然传来一阵骚乱，有很多人从里面跑了出来，还有人大喊着："着火了，着火了……"

然后，我看见滚滚的浓烟飘过来。

我吓了一大跳。

糟糕！

池太阳还在里面呢！

"少爷，少爷在里面——"

李管家说着就要往里面跑，可才走了两步就捂着小腹倒下了。

"你别动了！"我连忙扶住他，把他交给迎面走来的保安，"你别进去了，我去找他！"

"不行啊，你要是出了什么事，那少爷他……"

李管家不安地看着我。

"我一定要找到太阳，我会带他出来的！"

我激动地说道。

把李管家交给保安后，我急匆匆地往展厅里面跑去。展厅里面分割成很多区域，像个迷宫一样，我转了好几圈，却没找到太阳……

再往里面，火越来越大。

滚滚的浓烟迎面扑来，旺盛的火焰和随时倒下的横梁及木块让我走得越来越艰难。

"太阳，太阳，你在哪里？"

我焦急地喊道。

猛地又吸了几口浓烟，我感觉头越来越晕，视线也变得模糊起来。

太阳，你千万不要出事啊！

突然，我看到了太阳，他正跟着两三个人朝我这边走来。我朝他挥了挥手，他看到我后惊喜地大喊道："童话……"

而就在这时，我前面突然有一根燃烧的柱子倒了下来。

往我这边跑来的几个人慌了神，其中一个人用力一推，将我往旁边一扇被大火烧

228

着的木门里推去……

于是，我整个人掉进了熊熊火焰之中。

掉进火海时，我还看到了太阳绝望的眼神，听到了他歇斯底里的呼喊声："不，童话——"

然后我看到他被人拉住了。

幸好……

这么想着，我迷迷糊糊地晕了过去。

等微微有了知觉的时候，我发现这个房间的另一边并没有烧着，只是大火正不停地蔓延过来……

推我的人力道很大，导致我滚了几圈，由于速度很快，我竟然幸运地没有被烧伤，只是手臂和腿上有一些擦伤。

"喀喀——"

我咳嗽着，眯着眼睛看了看周围。

这里大概是一间收藏室，房间已经被烧了一半，我被火势逼得倒退了几步，竟然看到房间另一边有一个紧急出口。

拜托！希望那边没有被大火包围！

我双手合十祈祷着。

眼看着大火就要蔓延过来，我搬起收藏室里收藏的奇石用力地往锁上砸去，砸了很久，终于把锁砸开了！

门打开的一瞬间，我欣喜万分——大火没有烧到这边来！

我开心得跳了起来。

我找了半天，沿途又躲过浓烟及火苗，拖着疲惫的身体遇到消防员叔叔的时候，便再也支撑不住倒了下去。

我睁开眼睛的时候，发现自己在救护车里，而身边正紧张地看着我的人正是太阳。他看到我醒过来，激动地握住了我的手，说："童话，太好了，你醒了！"

"我……"

我张了张嘴，发现脸上戴着氧气罩。

"你别说话，别说话……"太阳突然像个老妈子一样啰唆起来，"医生说你吸了太多浓烟，不能说太多话，等你好了再说，好不好？"

"我要说……"我看着太阳，用沙哑的声音说，"刚刚滚进火堆时，我真的以为自己要死了，我以为你说的未来已经到了，我以为我再也看不见你了……"

"乖，不要说了！"

太阳凝视我的眼睛里有泪水在打转。

"但是，我没有死。"我拿开氧气罩，坐了起来，"太阳，这世上并没有什么预定好的未来，我们为什么一定要为了还没到的未来错过现在的每时每刻呢？不管未来怎么样，我都有勇气去面对它、改变它！难道你没有勇气吗？答应我，再也不要不理我……"

"我答应你。"太阳一把将我搂进怀里，在我耳边轻轻地说，"在看到你被消防员抬出来的那一刻，我就告诉我自己，我不要再去管什么未来了，我想要跟你在一起，每一分一秒都不想再耽误，我再也不会跟你分开了……"

太好了！

我也紧紧地抱住太阳，眼泪一滴滴地落在他的身上。

这是幸福的眼泪！

未来究竟怎么样并不重要，重要的是此刻你在我身边！只要有你在，我就有足够的自信面对未来！

半年后。

我躺在庭院里，一边用书挡住刺眼的阳光，一边摸索着从身边的果盘里拿葡萄吃，却被一只手抓了个正着。

"我让你好好看书，你却跑到这里来偷懒？"

某人的声音让我一个激灵从椅子上坐了起来。

"嘿嘿，我看了一天书了，阳光这么好，我稍微偷下懒不行吗？"

我眯着眼睛抬起头，对着太阳咧嘴笑。

在阳光下，太阳的脸黑黑的，他怒瞪着我："你还好意思偷懒，这次期中考试都掉出百名榜了，给我回书房看书去！"

"哦。"

我不甘心地答道。

"童话，不好了不好了！我刚才在一家店子里看到唯一，他正被人欺负呢，店家说他偷了东西，还有证人……"

小雅一边喘着气大喊着，一边跑过来。

什么？

竟然有这样的事！

"唯一怎么可能偷东西，他明明连说谎都不会！"

我挽起袖子，激动地为唯一鸣不平，然后一把抓住太阳对着他讪笑道："拜托，这回又要你帮忙了。"

"真拿你没办法，又要多管闲事了。"

太阳一脸无奈地看着我，皱着眉头想了想，突然诡异地一笑，指了指自己的嘴唇："不过……这次只准亲这里。"

"不要啦，你怎么越来越过分了！"

我抗议。

"那我不去了。"

太阳转身要走，我连忙拖住他，害羞地说："我，我答应你啦……"

"喂！你们俩不要在这里秀恩爱好不好？"

小雅气呼呼地瞪着我们。

"我哪有，明明是你自己因为闵焱举办全国巡回演唱会不在你身边就故意拿我们撒气，我想他肯定是遇到哪个主动示好的粉丝就把你忘了……"

"童话，我要跟你绝交！"

"绝交之前，可不可以先带我去找唯一？"

"好，回来之后再绝交……"

"太阳说等会儿要带我们去吃比萨哦。"

"那吃完比萨再绝交……"

……

魅丽优品

新会员 招募令

致亲爱的你：➤➤

魅丽优品网络平台会员大征集！

每月，史无前例的丰富新人大礼免费送上；

每周，粉丝活跃大奖不定期发送；

每天，海量新书、精彩试读、有奖互动！

总有一款
给你
带来惊喜！

现在，请扫一扫以下二维码，你就能立即加入Merry大家庭，和我们一起畅享快乐文字和精彩活动。

★ 扫一扫，发送#新会员#，即可100%中奖。

魅丽优品贴吧二维码	魅丽优品微博二维码	魅丽优品微信二维码
瞳文社贴吧二维码	瞳文社微博二维码	瞳文社微信二维码

谁是"黑魔法"小女巫

程小诗转学到魔法界最有声誉的魔法学校，一系列的奇异事件接踵而来。小诗润查后了解到，十五年前女巫一族覆灭时曾留下五块冰晶，预言这五块冰晶将会复仇，使用冰晶的生物会进化为神兽……

小书虫乐乐正抱着90后超人气作家叶天爱的新作《冰晶奇缘》看得津津有味，门"砰"的一声被踹开了，乐乐眼睛瞪得老大，盯着吵吵嚷嚷的小意、笑笑、君君，不明白发生了什么事。

"'小MM环游奇妙世界'系列第四站·雪雾森林《冰晶奇缘》，乐乐你喜欢少女奇幻书呀，改天借我看看。"笑笑夺下乐乐的书，将一大把冰晶和装着不知名液体的容器放到桌上，乐乐才反应过来，她们来找她玩游戏！

亲爱的MM们，你是不是也很好奇乐乐她们会玩什么游戏呢？别急别急，万能的小编直击现场，快点跟着我的脚步，投进我的怀抱吧！哈哈哈……

1 这个游戏名字叫【谁是"黑魔法"小女巫？】呢？没听懂？没关系，接着往下看啰！

这里有不同颜色的冰晶和五瓶不同颜色（无黑色）的水，谁能够制造出黑色液体，谁就是"黑魔法"小女巫！

首先，选择一块或几块你喜欢的冰晶，它们会指向你的性格和冰晶所具有的"魔力"，也可以用不同颜色的水彩笔代替玩这个游戏哦。

【黑冰晶】：象征权威、高雅、低调、创意，也意味着执着、冷漠、防御。

【白冰晶】：象征纯洁、神圣、善良、信任，给人疏离、梦幻的感觉。

【蓝冰晶】：象征权威、保守、中规中矩与务实。

【红冰晶】：象征热情、性感、权威、自信，是种能量充沛的色彩。

【粉冰晶】：象征温柔、甜美、浪漫、没有压力，可以软化攻击、安抚浮躁。

【橙冰晶】：象征富于母爱或大姐姐的热心特质，给人亲切、坦率、开朗、健康的感觉。

【黄冰晶】：象征信心、聪明、天真、浪漫、娇嫩。

【绿冰晶】：给人无限的安全感受，象征自由和平、新鲜舒适，给人清新、有活力、快乐的感受。

【紫冰晶】：优雅、浪漫，并且具有哲学家气质，给人高贵、神秘、高不可攀的感觉。

2. 选好心仪的冰晶了吗？小编点兵点将，点点点，好了！选了绿冰晶，给人清新活力的绿冰晶，还真是跟小编的气质很搭呀……（似乎看到了乌鸦飞过）

然后，再选装有不同液体的容器吧，这里有红、蓝、绿、黄各色液体，乐乐她们早就选好啦。所谓红配绿绝配，小编就选红色液体，不过这红色看着怎么怪怪的。

小意——红冰晶+黄液体　　　　　　笑笑——黄冰晶+蓝液体

君君——蓝冰晶+红液体　　　　　　乐乐——红冰晶+黄冰晶+蓝液体

乐乐一个人选的和她们不一样，这是怎么回事？先不管这么多，现在见证奇迹的时候到了。摇一摇瓶子，冰晶慢慢在融化。用水彩笔玩游戏的MM们，用力涂涂涂呀啊，闭上眼睛数到10，小魔法师们，变！小意瓶子里的液体变成了橙色！笑笑瓶子里的液体变成了绿色！君君瓶子里的液体变成了紫色！小编的……灰色？感觉整个人都不好了。

乐乐——乐乐的瓶子里竟然出现了黑色液体！谁是"黑魔法"小女巫？还有必要问吗？大家都围着乐乐问魔法"秘诀"，乐乐说想知道答案必须先大喊口号，真是个傲气的小姑娘。小编也想学会这个魔法，你们让开，让小编先来——

叶天爱　超人气超美！　　《冰晶奇缘》　超励志超好看！

启动时空之轮的激烈战役，打响啦！

记忆会记得

她心里有一个秘密，关于那场记忆，模糊人像是她不能记忆的遗憾；他心里有一场罪孽，关于那个女生，生死未定的罪是他无法摆脱的孽。她与他，是命中注定要相遇的，可，他与她，也是命中注定要错过的，像初遇时的遗憾……

【用记忆深深把你记住】

菜菜酱今天就化身记忆大师，为大家提供几个快速记忆法则。

第一步【准备】

记忆需要"钩子"，先准备一些：

3个字：上中下、左中右、京上广、你我他
4个字：春夏秋冬、男女老少、前后左右、省市县乡
5个字：东西南北中、酸甜苦辣咸、金银铜铁锡
6个字：上下左右前后
7个字：赤橙黄绿青蓝紫

第二步【联想】

在需要记忆的问题中找关键词，把关键词和一个记忆"钩子"放在一起进行一级联想。

第三步【回顾答案】

比如问题：辛亥革命失败后，以孙中山为首的资产阶级革命派为反对北洋军阀的统治，发动了哪些主要斗争？

回顾答案：发动了二次革命。

第四步【反复】

将问题和答案反复对比，记忆就会逐渐清晰了。

【病理知识之脸盲】

01 脸盲症的含义

脸盲症又称为"面孔遗忘症"。最新研究发现，过去被认为极为罕见的脸盲症实际上在全球范围内较为普遍。该症状表现一般分为两种：患者看不清别人的脸；患者对别人的脸失去辨认能力。

02 病因

大脑中很多个部位都参与了对容貌影像的信息处理，不过影像学研究表明一个叫作梭状回面孔区的部位尤其重要，这是大脑颞叶的一部分。大脑后部的枕叶面部区可能也扮演着重要角色，负责分辨看到的物体是不是人脸。同样在颞叶里的颞叶上沟能够对被观察者的表情变化和视觉角度变化做出反应。

03 治疗

目前脸盲症还属于医学难题，医学家称没有任何治愈方法。

疯狂游乐场

妖舍的秘密花园

——涂色互动游戏

承载七情六欲，拥有灵性妖异的奇物古董；佩一卷青竹简，悠然不知度过多少年的神秘店长；

一名活泼生气、打扮奇异的猫眼少年；一间沧桑古朴，只待有缘人走入的古老店铺……

这便是妖舍。

它曾现身于城市繁华热闹之处，也曾在红尘寂静清冷之地开门迎客。

只有有缘的人，才能走入妖舍，发现妖舍里静静等待了千年的古物——

一面布满裂痕的古铜镜，映照无数爱侣间的分分合合；

一把写尽风流的桃花扇，扇出女儿身不让须眉的傲骨；

一柄磨砺风云的龙泉剑，淬火一人短暂生命至诚信念；

一枚万妖引灵的太公钩，引出稚气少年的热血英雄梦……

与**玄色**、**娑罗双树**成名作媲美！

《哑舍》之后惊艳登场！

中国古风奇幻单元剧推荐——

七日晴 《妖舍物语》

历时半年，几度易稿删改，

正能量暖萌系作者七日晴呕心沥血之作！

重要提示

本故事没有女主角

只讲述了

绝美店主、可爱店员、

妖魅贵客与古董妖灵们

的故事

游戏规则

将涂好色的人物拍照晒图@merry七日晴新浪微博（先关注作者哦），只要涂色惊艳指数达7分，即可获赠作者的亲笔签名礼物！即@即获得作者打分回馈！

夏小桐的秋冬养生厨房(2)

主题：

世界那儿大
我想去尝尝

嘉宾：魅丽优品暖（dou）萌(bi)作者 夏桐

魅丽优品人气女主：叶冰伦

【菜菜酱】：进入十月，在这南方城市就连秋老虎的余威也已经消散，一场场的细雨落下来，秋天就这样携着桂花的香气而来。不知咱们的作者喜不喜欢这个季节呢？

@merry夏桐：必须喜欢啊，这可是一年中最舒服的季节了，从国庆回来后就开始赖床了，嗯（羞涩脸）！

@merry叶冰伦：我也挺喜欢的，因为这个季节有我喜欢的糖炒栗子。

菜菜酱：扑哧，原来咱们的叶大也是一个吃货啊。

@merry夏桐：嗯，别看她平时酷酷的，其实她很爱吃。

菜菜酱：我也超级喜欢栗子！
夏小桐快来传授下栗子的做法吧。

@merry夏桐：那这期就以栗子为原料做道适合秋冬的养（贴）生（膘）菜吧。

@merry叶冰伦：我的胃已经准备好了！

菜菜酱：Me, too.

@merry夏桐：今天要介绍的是板栗烧鸡。

食材：鸡、生板栗、姜、八角、桂皮、料酒、老抽、白糖

步骤：1.主要原料集合（鸡块、板栗）

2.锅中加入少许油，将板栗过油煸炒一下，捞出控油备用

3.锅中留底油，爆香姜片，然后加入鸡块翻炒，表皮微黄后，加入料酒

4.之后加入老抽调色，翻炒至上色均匀

5.加入足量的开水，可以没过鸡肉的量，大火烧开后转中小火

6.加入花椒桂皮

7.加入煸炒过油后的板栗，盖上盖子，中小火煮30分钟

8.加入一勺白糖，继续转大火烧至汤汁收干浓稠

9.加入适量盐调味即可

（食谱来自网络）

@merry夏桐：然后香气扑鼻的板栗烧鸡就出锅啦。

@merry叶冰伦：好赞！

菜菜酱：来来来，夏小桐到你新书预告的时间啦，我和叶大先去吃~

（飘走）

@merry夏桐：给我留点啊……

广告时间：

书写这一季最"可口的爱恋"
#《用一辈子，说我爱你》#

在遇到秦明朗之前，朱雨萌只是个单纯的小吃货；
在认识秦明朗之后，朱雨萌却转眼化身为集总裁秘书、生活助理
以及挡酒神器为一身的女超人！
"吃货少女"遭遇"老虎Boss"，当小太阳遇上大冰山，当呆萌
小职员与腹黑BOSS交锋，你争我斗中谁会胜出？

黑暗料理名单

有一个地方，喜欢它的人，称之为天堂，不喜欢的人，则称它为地狱。它有一百种方法让你待不下去。它最喜欢对自以为是的人出手了。它就是——厨房！嘿嘿！话不多说，小编认识的许多朋友做饭都很好吃，不过，俗话说得好，台上一分钟，台下十年功，就算是世界顶级大厨，也有过不愿言说的黑暗史。你还记得自己做过的黑暗料理吗？

一号选手：我曾经把五个水煮蛋放在铝盆里，然后放进微波炉里热，结果……炸了。我当时并不知道微波炉不能放金属，也不知道整蛋不能放进去，我以为这样就可以做出虎皮蛋……

二号选手：我做过西红柿鸡蛋汤。由于放少了油，鸡蛋有腥味，于是我又回锅，回了两次后变成黑疙瘩汤……

三号选手：有一次我煮面，面捞了，汤还在，于是我直接用面汤洗碗，还倒了洗洁精。后来吃面时觉得太咸，于是又回去加了点儿汤，刚把面吃进嘴里，发觉一股洗洁精味……

小编：嘿嘿！（使劲憋笑）好啦，三位选手都说完了，那么接下来请《放开那美食，让我来》的男女主角——陆扁舟和柳梢青，说说感想。
要知道，这陆扁舟可是被称为"金舌头"（虽然他只会吃不会做），而柳梢青，做出的菜不仅样式美，闻起来也特别香（虽然她完全尝不出食物味道的好坏）！

陆扁舟： 下面我就说说虎皮蛋的做法吧！虎皮蛋的做法其实很简单，就是将煮好的鸡蛋放进油锅炸至金黄，之后可以切片炒，也可以用牙签扎洞，用汤煮，乃至入味。当然，这个汤肯定是有味道的，不是简单的开水。

柳梢青： 哦——这也太简单了，你看，是不是我做的这样。

陆扁舟： 煮鸡蛋时请带壳一起煮。

柳梢青： ……（我说怎么有点儿不对）

内容简介

柳梢青从小有个理想，要做出天下第一美食！努力了十几年，她总算成功了一半，凡是看到她做的菜的人，无一不说美，无一不说香，然而……另一半才是至关重要的啊！食物光好看有什么用！这也太难吃了吧！所以，当她得知掌门之子，被誉为金舌头，有着尝遍天下美食的陆扁舟也是同道之友后，毅然拒绝了要将他抓回门派的要求……等等！老爹你说什么？只要我把他抓回来让他继承门派掌门之位，你就不逼我接任长老之位，放手让我去追求理想？成交！只是，掌门，你这资料也太不靠谱了吧？她简直被陆扁舟坑惨了！

新番街

"二喵"联手，萌萌美男旋风来袭！

当猫少爷动上猫母，扑一扑慵优白金美少年猫小白与娇娇条娇幻少女喵哆哆，两只喵星人在猫猫部的故事！

猫小白、喵哆哆，世纪携手，联袂奉上春韵力作！

还不快来看！

想要得到与猫小白独一无二的"勾搭"机会吗？现在，福利来了！凡购买猫小白新作《奇爱中的废柴君》，即可获得废柴君刮卡一枚！刮开涂层，会有惊喜大福利！拍下刮卡，当街随新浪微博上传，@merry>猫小白，神秘美少年将亲自为你兑现福利！

重磅炸弹NO.1

幻想志×2，少女魔幻版的《夏目友人帐》，最嗨萌的妖之国传奇，最温馨的救赎与你性……
少女浪漫魂丽冒险，爱的咪上你和我！

重磅炸弹NO.2

重磅炸弹NO.3

搞什么鬼了
野猫和银蜜地遇上了有人落水，勇少力气极了个，这神算宝待两事！
真窝写你我家喔了！
等等……陪世家搬来的美少年名原约，为什么看起来么陌略了西新美的帅哥班主任显然，
但莫名其妙她成为了我的家教……大侧！一场疑心了！
你说，和我要寻找的宝物，到底是什么？清美英眼的蓝月湖底，到底又究藏着什么秘密？
穿你十年，幻想太，循客偕带你传越不，传的少女幻幻！

千呼万唤始出来——男神真面目曝光！

只要一戴上，就能让所有人爱上你的番薇吊坠；只要拥有，就能回
到定格时间的蓝宝石怀表——

终极炸弹BOMM!

两你企朗的花写，女留偕偕，四白，不骨约相奇人身导，孬孬俊企保，防窝齐你子骨
公留妙地成为了一段沉悲情史，还邂逅了生途中最真最晶加床的人——帅础美少年偕名样！
一切，到底是面律还是真情的美梦偕盘啊？
只要一戴上，就能让所有人爱上你的番蔷吊坠；也能让循身天时阀，及人偿真假的番宝名
怀表，循佩多古仕待束收，万人石样，……了使你偕到到，乐信乐有名儿！尊你与宁宅
真出偕，保证你别人生义上册册的瞬间！

史上最古怪炼金术师樱夜神，美梦与救赎，传奇正在上演中！

白金美少年作者猫小白首部奇幻大作！真人照首度公开！

M Tu W Th F Sa Su
            1 2 3
4 5 6 7 8 9 10
11 12 13 14 15 16 17
18 19 20 21 22 23 24
25 26 27 28 29 30 31

2016|01

M Tu W Th F Sa Su
1 2 3 4 5 6 7
8 9 10 11 12 13 14
15 16 17 18 19 20 21
22 23 24 25 26 27 28
29

2016|02

还在犹豫什么？
猫氏白日梦，奇幻漂流虚位以
待！就等你一个！

选出最喜爱妖精，赢雪国系列新书！

大喇叭：嘘，告诉你们一个秘密，我发现，桃殿下真的是一个妖精控哦！

证据在此：《樱花魔法，人鱼之恋》《最奇缘，密钥恋歌》《糖心少女》最新出炉的这三个故事全都是以"雪国"为背景，以来自雪国的美貌妖精为主角的暖爱虐心故事呢。

凉桃：嘿嘿，这已经不算是什么秘密吧？实话实说，因为妖精的魅力真的很大嘛！之前的《别逃，花妖新娘》《哇，妖怪都是美男啊》《绝恋，血色樱花烙》……还有好多都是以妖怪为主角的故事，熟悉我的"樱桃"们也许早就看出来啦，嘻嘻。

絮编：确实确实，妖精的魅力真的无法抵挡！话说有段时间我也很迷和妖怪有关的动漫哦，《夏目友人帐》《滑头鬼之孙》《我家有个狐仙大人》《樱兰高校男公关部》这些都非常经典。

大喇叭：桃殿下，要不今天我们就来举行一个"妖精魅力大测试"吧！把之前所有的妖怪主角们都列出来，由读者来评选才是心目中最具魅力的"妖怪"。

凉桃：好的。话说我也很好奇，到底最后谁会胜出呢？期待中……

絮编：比赛正式开始喽！喜欢他，就给他投上宝贵的一票！
我先来！为心地善良、温柔体贴的虎牙少年司月点赞！不过遗憾的是，暂时还没有他的肖像画，把他的资料贴在下面，具体形象你们就自行想象一下吧！

司月（《糖心少女》男主角）：住在一株兰花里的美貌虎牙少年，是一只来自雪国的妖精，雪国领主之子，穿一身纯白的祭祀服。

亡夜（《哇，妖怪都是美男呀》男主角）：

星瑶（《别吃我，狐狸帅男友》男主角）：

藏贺（《别逃，花妖新娘》男主角）：　　　　　白泽：（《嘘，白泽大人的秘密》男主角）：

好了，以上美男妖怪哪一个才是你最喜爱的呢？欢迎大家踊跃参与投票，选中最后得票数最多的主角，将有机会获得桃殿下"雪国"妖精系列的任意一本新书哦。
具体参与方式请关注桃殿下微博，幸运者名单也会在活动结束后第一时间在微博公布。

大喇叭：末了，再附送一个小福利——《糖心少女》精彩剧情提前看——

湿漉漉的雨季还没结束，梳着马尾的孤单少女，站在滴着雨的屋檐下，隔着一排细碎的雨花，遇见了穿着纯白祭祀服的虎牙少年。

他拉着她进入一个琉璃一样，五彩缤纷的世界。在太阳雨下出嫁的狐狸少女，被南风吹来的樱花精灵，古灵精怪的雪燕妖精，长发及地的俊美藤妖……

雨伞打着旋儿收起，她的世界不再只有雨和雪。

因为她的虎牙少年，在春天的第一朵花开时，带着满满的快乐与她再次遇见。

福尔摩斯の消失的秘密

今天小编在公交车上被挤成了汉堡包，好不容易连滚带爬地到了公司，编辑部却传来一个惊天大消息!

西小洛的新书不见了!!!

于是，编辑部炸成了一锅粥，众小编纷纷化身为夏洛克·福尔摩斯，开启了一场惊（dou）险（bi）刺（you）激（zhi）的推理大赛! 真相，只有一个!

【卷毛】（嗖地蹿到窗户前）昨晚我一直加班，窗户没关，所以凶手的作案时间一定是在晚上8点到今天早上7点! 那是一个月黑风高的夜晚，凶手凌空而起，啪! 倒挂在了编辑部的窗户上，然后趁里面无人，盗走了小洛的新书。

【转转圈】（沉思）可是，凶手为什么要盗走小洛的新书呢?

【卷毛】（凝重）难道小洛跟他有仇? （出戏）哎，小洛，西小洛! 你是不是有什么仇人啊?

【小编】嘿嘿嘿，卷毛哥，你跳戏了。

一群乌鸦叫嚣着从卷毛的头顶飞过，卷毛清了清嗓子，气氛再一次凝重起来。

【卷毛】据我所断，凶手一定是想要给我们编辑部造成恐慌，我们不能让他的计谋得逞!

【眼镜妹妹】可到底是什么样的人，会来盗取小洛的新书呢? 这本样书刚拿回来，我们还没来得及宣传呢。

【转转圈】（思索）说不定……是内鬼呢。

一时间，编辑部的所有人面面相觑，默不作声。

墙上的时钟指针嘀嗒嘀嗒地一分一秒行进，编辑部静得连掉一根针在地上都可以听得见。忽然，编辑部大门被打开，所有人倒吸了一口气，后背发凉！

【眯眯眼】（怀里抱着小洛的书，眼睛红肿）你们在干吗？

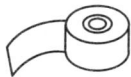

【卷毛】（大喝）眯眯眼！居然是你偷了小洛的新书！

【眯眯眼】（看着怀里的新书，大哭）这本书太感人了！我昨天晚上看了一晚上哭了一晚上，你们看我眼睛，看我眼睛！

【小编】（松了口气）虚惊一场……

【转转圈】有那么感人吗？

【眯眯眼】那当然！（新闻联播脸）西小洛最新力作！转型后的第一本青春成长虐心长篇小说《彼时年少，守望晴天》，不要998，也不要98，你就可以，把它带回家！现在在网上订购，你还有机会获得西小洛的亲笔签名和惊喜小礼物，还在犹豫什么？童叟无欺、老少皆宜啊！

编辑部响起雷鸣般的掌声！

【卷毛】（感慨）眯眯眼你太敬业了，我都感动哭了！

【眼睛妹妹】就是就是，真感人。

【眯眯眼】嘿嘿嘿嘿，那，那请我喝杯咖啡吧？

【卷毛】哦，眼镜，上次发给你的广告再给我参考一下呗？

【眼睛妹妹】啊？我给转转圈了，你去找她吧。

【眯眯眼】（走过来）编编？我宣传完了，盒饭呢？

【小编】阿嚏——你说啥？最近感冒了，耳背！

【眯眯眼】你们这群禽兽——

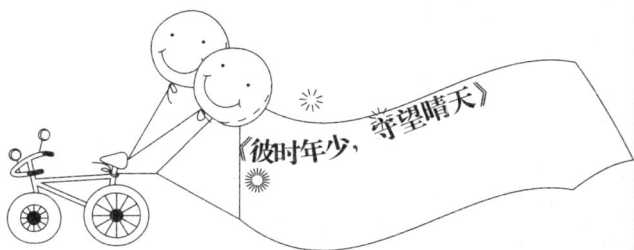

《彼时年少，守望晴天》

糖果大课堂

咱们新人璃华同学的最新悲情大作《我不配》里，傅斯宁小同学是因为一颗糖而被谢逢拐走的，但是亲爱的你，难道就是这么肤浅的人吗？（对呀，我就是）（抠鼻子）

现在，就让小编带着大家，来领略领略各国的糖果风味吧，然后告诉小编，你是被哪一国的糖果俘虏了呢？

反正我不会告诉大家，随便一颗糖就可以把我收买。

1. 中国CHINA：大白兔
代表人物：谢逢

大白兔可是小编的心头最爱啊，味蕾绽放的那一刻，只闻得见那从骨子里酥到爆的奶香，闲时的午后，看一本好书，配一杯清茶，慵懒的阳光暖暖地照耀在身上，想想就觉得特别美。

谢逢当真是符合大白兔的气质啊，从骨子里就暖到爆的阳光男生，对傅斯宁的感情那可不是大白兔的甜所能比拟的呢。

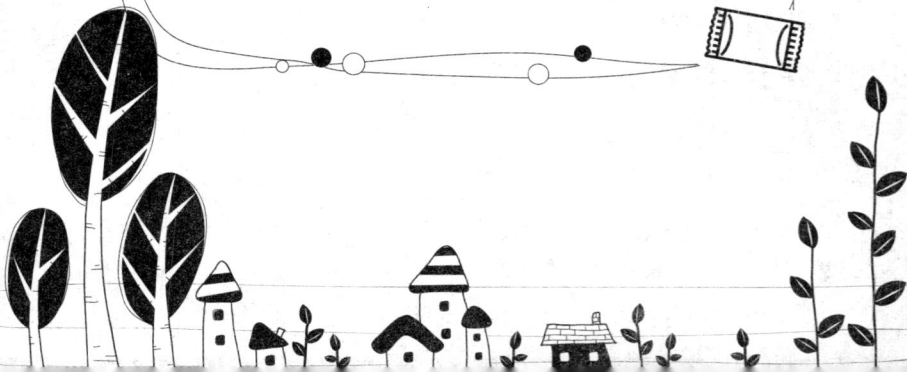

日本JAPAN：不二家
代表人物：许锐

不二家当真是不用多说了吧，每次进店可是不拿到手软不会出来的，包装精美外，不管是水果味或者牛奶味的，都是天赐的礼品啊！

说许锐代表这款，难道你们还有异议？冲不二家的名字，就知道，这是代表了许锐对傅斯宁从不二心的爱啊！

英国 BRITAIN ：怡口莲
代表人物：傅斯宁

吃到最后关头总会有满满惊喜的怡口莲，每剥开一张糖纸都觉得是上帝的恩赐。

用它来比喻我们内心柔软、外表却坚强的傅斯宁是再适合不过了。

瑞士SWITZERLAND ：Sugus
代表人物：江敏芝

四四方方的包装里面，却是柔软的水果味软糖，伴随着水果香味，品尝特属于糖果的柔软甜腻，有时唇齿间还会迸发出水果的细微酸味，每一粒对小编来说，都是致命的诱惑啊！

敏芝同学骄傲不肯轻易认输的性格与Sugus的外形是不是大同小异呢？加上能把人腻化的柔软感情，简直就是翻版的Sugus啊！

看了这么多美味怡人的糖果，是不是觉得这个故事应该是黏黏腻腻的甜宠文呢？

哦，NO！

那你就大错特错啦！

璃华同学这个短篇小天后可是以虐心见长的哦！

难得操刀大长篇，虐功可不是盖的！

据说其在写大纲的阶段就把自己虐得五脏六腑俱损哦！

成稿后，小编可是一边吃着甜甜的糖果，一边哭得稀里哗啦看完整个故事的！

不信就先睹为快吧！

《我不配》（璃华 著）精彩简介——

8岁那年，他搬着小板凳坐在她面前，向她摊开掌心，递过去一颗糖。

他说："只要我有一颗糖，就一定会分你一半。所以，不要难过啦！呐，给你糖。"

然后，牵她离开。

他用他的一颗糖，甜了她整个灰蒙蒙的青春；他牵起她的手，一走就是二十年。

青葱光影，他想就这么牵着她，一直牵着，直到两个人都掉光牙齿，白了头发。

世界那么大，那么荒芜，有他在，她就什么都不怕。

可是她不能拖累他的人生，她不配与他那样美好的人在一起，或许她爱他的最好方式，就是让他走。

经年之后，他独自走过她触摸过的小巷，于岁月尽头泪如雨下。